赤金武蔵
illust. kodamazon

どうも、勇者の父です。

～この度はリゾート気分で、深海千メートルまで潜ります。～

2

ミオン

「海……！」

ネプチューン
「我が心友よ、よく来てくれた！」

「クロアーーーーーー!!
余と遊べーーーーー!!」
トーラス
クロア

クロア
若かりし頃の姿

ウィエル
「誰か……そこにいるのですか？」

「悪いが……
こいつで終わらせる」

どうも、勇者の父です。

～この度はリゾート気分で、深海千メートルまで潜ります。～

2

赤金武蔵

illust.
kodamazon

contents

プロローグ　謎の視線

港町アクレアナ。

文字通り港を中心にした漁業が盛んな町で、この海で獲れない魚はいないと言われるほど、海洋生物の宝庫として世界的に知られている。

新鮮な海の幸もそうだが、それ以外にも観光地として整えられた町並みが広がっている。

当然だが、町だけがこの町の強みではない。

大自然が作った名所も数多くある。

砂の一粒が星の欠片のような、白く美しい星砂海岸。

光り苔が満天の星のように自生している、星天の洞窟。

気象条件が整った時にのみ現れる、七色に輝く湖。

そして何より、どれだけ眺めていても飽きのこない広大な海が、アクレアナの一番の魅力だろう。

過去には王族すらお忍びで何度も訪れたと言われるほど、港町アクレアナはすべてが美しい。

まるで町ひとつが、大きな芸術とまで呼ばれるほどだ。

他にも貿易業にも力を入れていて、世界各地の名産品も集まってくる。それ目当ての観光客も多いらしい。

最近は、海底で精製される鉱石の採掘方法が確立されたらしく、鉱石コレクターや金持ちの貴族にも人気の観光スポットと化している。

何を隠そう、アプーの街を統治しているガルド・ロゼイア辺境伯もこの町の大ファンであり、自ら鉱石の採掘もしている、鉱石マニアだ。

クロアのいくつかの知り合いにも、年に何度もアクレアナに訪れるという貴族が多い。

「実は港町アクレアナは、俺とウィエルの思い出の地でもあるんだ。なんと言っても結婚したばかりの頃、新婚旅行で訪れた場所だからな」

「ふふふ、懐かしいですね～。確か、あれももう二十年くらい前ですか。月日が経つのは早いものです」

当時を思い出しているのか、クロアとウィエルの二人は、ミオンに港町アクレアナの説明をしつつさらりと惚気る。

ミオンとしても二人の過去の話は聞いたことがないから、いろんな話に興味はある。

これまでの人生で恋愛なんてしたことがないし、現在進行形で思春期真っ只中だ。詳しく聴きたい気持ちもやまやまである。

が、しかし。

「あのッ、そのお話あとにしてもらえませんか⁉　今私、死にそうなんですけど⁉」

辛うじて攻撃を避けつつ、後ろの方でのんびりしている二人に怒りの混じった声を飛ばす。

気が散ってしまって集中できない。今にも死にそうである。

「ガルルルルルルアアアアアアアアアアアアッ‼」

「ヒッ……⁉」

敵対している魔獣の咆哮で、僅かに身が竦む。

同時に、体長三メートルにもなる巨大な狼が、ミオンの体目掛けて凶悪な爪を振るった。

まだ身が竦んでいる。このまま当たったら、怪我ではすまない。

「ぐぅっ……！」

なんとか脚に力を入れてバックステップで辛うじて避ける。

目標を見失った爪は地面へ深々と突き刺さり、勢い余って周囲の土が捲れ上がった。

衝撃によって小さい破片や砂埃がミオンに衝突すると、僅かに切り傷を作る。

小さい破片だけでダメージを受けるのだ。これをまともに受けたら、一撃で殺される。

改めて、奴の姿を視界に入れた。

体長三メートルの巨体に、全身を漆黒の毛が覆っている。

金色に光る眼光がミオンを睨み、威嚇《いかく》するようにむき出しになっている牙からは、銀色に光る唾液が垂れた。

魔獣、黒狼《ブラックウルフ》。

狼型の魔獣としては最大クラスの大きさだ。速さも狂暴さも兼ね揃え、分厚い毛皮は生半可な攻撃を通さない。

まさに、化け物である。

それに加えて、兎人族にとって狼型の魔獣は、超がつくほどの天敵だ。

こうして立ち向かえるのは、クロアたちの修行のたまものだろう。でなければ、今頃逃げ出している。

それでも、怖いものは怖い。怖すぎる。

唯一の救いは、黒狼は群れないこと。

黒狼は強さに誇りを持っているのか、それとも群れることを弱者と思っているのか。それはわからないが、主に一匹で行動することが多い。

もしこれが複数体いたと考えると、恐ろしすぎて気絶してしまいそうだ。今も気絶したいが、そこは気合と根性でなんとか意識を保っている。

ただでさえ三メートルにもなる狼なんて恐怖でしかない。それに加えて兎人族の本能なのか、今にも逃げ出したい気持ちになる。文字通り、脱兎のごとく。

当然だが、後ろの二人が睨みを利かせているのに、逃げ出すなんて許されない。そもそも逃げるなんて不可能だ。

逃げ出してクロアとウィエルに鬼のようなお説教を食らうくらいだったら、勇気を振り絞って目の前の化け物を倒す。

世界最強の化け物《後ろの二人》とただの化け物《黒狼》だったら、まだ後者の方がましだろう。

攻撃を避けつつ少しだけ振り返ると、ウィエルはきょとんとした顔をして、魔法瓶に入ったお茶をすすった。

「まあ、そんなことは置いといて」

「そんなこと!?　今にも死にそうなことがそんなことですか!?」

　さすがに心外だった。

　確かにクロアとウィエルからしたら、黒狼なんて雑魚《ざこ》だろう。

　しかし戦闘経験がまだ浅いミオンにとっては化け物と言っていいほどの強敵だ。しかし、ウィエルはのんきな笑みを浮かべて、当時に思いを馳せているように頬を緩めた。

「それで、そこで食べたお魚料理がとても美味しかったんですよね。旦那様なんて、気に入りすぎてずっと食べていましたよね」

「うむ。食べすぎて、食糧庫を空にしてしまったな。それだけ美味かったんだが、いや、あれは申し訳ないことをした」

「着いたらミオンちゃんにも食べさせてあげますから、心配しなくても大丈夫ですよ」

「ありがとうございます死ななかったら食べさせてもらいます！」

　今、ご飯のこととか考えている余裕がない。下手をすると、自分が黒狼のご飯になりかねないから。

「グルルル……ガルアッ！」

「シッ……！」

　黒狼の爪に合わせて、ミオンも蹴りを繰り出す。

　二つの攻撃が衝突し、力が拮抗する。

次の瞬間、どちらともなく弾かれ、一定の距離ができた。

黒狼も、ミオンがただの餌ではないと悟ったようで、距離を保ったまま時計回りでゆっくり歩いている。

ミオンも構えを解かず、油断なく黒狼へ体を向け続けた。

「ふふ、大丈夫ですよ。この程度の相手では死にませんから。死んでも、死後一時間以内であれば、蘇生させられますし」

「むしろこの程度で死んだら、俺があの世まで行って説教する」

「ヒエッ」

どちらにしろ、地獄だった。

死してなお、この二人からは逃げられないのか。

それに、二人なら死後の世界でも普通にやって来そうで怖い。

絶対に逃げられない恐怖というのだろうか。逃げ道のない恐怖ほど、この世で怖いものはないだろう。

「そら、来るぞ」

「――ッ！」

クロアの声で反射的にしゃがむと、自分の頭部があった場所を黒狼の大口が通過した。

牙の一つ一つが、ミオンの拳ほどもある。

あまりにも鋭利すぎて、鋼鉄でできたナイフのようだ。あんなのに噛まれたら、骨諸共、ばりぼり食われてしまう。

しかし、今がチャンスだ。黒狼は頭上を通過している最中。魔力によって強化されたミオンの動体視力には、それがスローモーションのように見えた。

ミオンはしゃがんだ状態で、脚に力と魔力を集中する。

魔力の集中によって脚周りの空間が歪み、オーラのようなものが揺らめく。そして。

「ハッッッ‼」

兎人族の脚力＋魔力による身体強化＋超スピード＝破壊力。

黒狼のがら空きの腹部に目掛けて、Ｉ字バランスをするかのように脚を突き出す。

「ガッ……⁉」

衝突と同時に衝撃波のようなものが広がり、周囲に枝葉がバッと音を立てて揺れた。

くの字に折れ曲がる黒狼の胴体。相当の衝撃だったのか、口から吐しゃ物のようなものが吐き出される。

もちろん、まだ攻撃の手は止めない。戦うなら、相手の息の根を止める。それがクロアとウィエルの教えだ。

膝を折り曲げて脚に力を込め、超高速で上空へ跳躍。

回転しながら吹き飛ぶ黒狼を追い越し、黒狼が飛んでくるのを待ち構えた。

ミオンは体を丸めながら回転。スピードを上げて、遠心力を脚に乗せる。

そして——黒狼の首へ向けてかかと落としを決めた。

亜人の中でもトップクラスの脚力と、魔力による身体強化。さらに遠心力を加えたミオンのかかと落としは、まるで鉈《なた》で斬り落としたかのように、黒狼の頭と胴体を切断する。

頭部は鮮血をまき散らして宙を舞い、近くの草原へ落ちた。

運よくか、悪くか。切断された黒狼の頭部の近くに着地する。

口からだらんと舌が出ていて、顔がミオンの方を向いている、ガラス玉のような金色の瞳が、まだ生きているかのようだ。

頭と胴体を切断されて生きている生物なんていないけど、若干の気持ち悪さを感じる。

顔を引きつらせながらも、ミオンは黒狼の死体に手を合わせる。

手を合わせ終えたミオンはようやく息を吐き、全身の緊張を解いた。

殺す感覚は、未だに慣れない。まだ脚に、黒狼の首を切断した感覚が残っている。

殺しには慣れず、殺す覚悟を決めて敵を殺すというのが、クロアたちの教えだ。

それを忠実に守っているが、覚悟というのも、決めるのに体力を使う。

まだ戦闘経験が浅いミオンにとって、それは大変な作業だった。

「はぁ～……し、死ぬかと思いました……」

「死ななかっただろう」

「結果としてはそうですけど、兎人族にとっては、狼型の魔獣は天敵中の天敵なんですよっ。ほ、本気で死ぬかと思ったんですからね……！」

戦闘直後で闘志がたぎっているようで、クロア相手でも鋭い眼光を向ける。自分でも命知らずだとは思うが、これくらいの反抗は許してほしい。

クロアは肩を竦めてミオンに近付くと、大きな手で頭を撫でた。

この世で最も硬質な拳が、こんなにも優しく頭を撫でてくれる。嬉しいやら、気恥ずかしいやらで、ちょっとだけ溜飲が下がった。

でもそれを察せられるのがいやで、唇を尖らせた。

「そんなにいきり立つな。これも修行だ」

「むぅ……わかってますよう」

「それと――油断大敵だぞ」

「……え？」

空いているクロアの手が、高速で飛来した何かを鷲掴みにする。

まったく反応できなかった。いったい、何が飛んで来たのだろう。

クロアが腕を伸ばした方を振り返ると、切断したはずの黒狼の頭部がそこにあった。

まだ生きているらしく、目をギョロギョロと動かし、ミオンを噛み殺そうと口が狂暴にうごめいている。

あまりの衝撃に、目を見開いたまま動けないミオン。それもそうだ。殺したと思っていた魔獣が、首だけになっても生きているのだから。

殺意の高い眼光がミオンを射すくめる。しかしクロアが、水風船を壊すように簡単に握りつぶすと、どす黒い血をまき散らして砕け散った。

「な……え……な……!?」

「黒狼は生命力の高い魔獣だ。首を切断されても、一時間は生きている。そしてその間は、一度獲物と判断した相手を執拗に追いかけるんだ。もちろん、黒狼だけじゃない。この世にはそんな魔獣や魔族が割といるから、気を付けるように」

「だ、だったら先に言ってくださいよ……！」

「言葉で説明するより、見た方が体も覚えるだろう？」

　確かにその通りだが、なんとなく納得できないのは気のせいではないだろう。

　それに、あんなに軽々と黒狼の頭部を破壊した握力を間近で見せられると、今ミオンを撫でている優しい手にも若干の恐怖を感じる。

　そんな二人のもとに、ウィエルが濡れタオルを持って近付いてきた。

「ミオンちゃん、ご苦労様。戦闘には慣れてきましたか？」

「おかげさまで、以前よりは」

「結構。ですが前にも言った通り、殺すことに慣れてはいけませんからね？」

「はい」

　ミオンが教えを心の中で反復していると、ウィエルが魔法を使い黒狼の死体を地中深くまで埋めていた。

　以前に黒狼を食べたことがあるが、あれはまずくてとてもじゃないが食べられたものではなかった。

「そろそろ食事にしよう。もう少しでアクレアナに着くが、焦る必要もないだろう」

「そうですね。ミオンちゃん、手伝ってもらえませんか？」

「了解です」

　ウィエルとミオンが食事の準備をしている間、クロアは気配探知と五感探知を使い、周囲を警戒する。

　それに加えて、クロアから発せられる存在感と闘気が、他の魔獣を寄せ付けなかった。いつも近くにいるミオンでさえ、慣れないほどの闘気がほとばしっている。魔獣だったら、近付くこともできないだろう。

　二人で料理の支度をしていると、ミオンはさっきの話を思い出し、ウィエルへと話しかけた。

「ウィエル様。この後に向かうのはアクレアナですけど、そこがゴールではないんですよね？」

「はい。私たちが向かうのは、海底の国ディプシー。千メートルの深海で、人類未到達の国ですよ」

「ディプシー……どんな国なんですか？」

「それは自分の目で確かめるまでのお楽しみです。百聞は一見に如かず。私たちの口から聞くより、自分自身の目で見た方が絶対にいいですから」

　ウィエルの言う通りだが、気になるものは気になる。それに、深海千メートルなんてどうやって行くのだろうか。魔法を使ったとしても、そう簡単なことではないはずだ。

　そもそもミオンは、海を見たことがない。普段も湖での水浴びくらいで、どこまで潜れるかとか、どこまで泳げるかなんてわからないのだ。千メートルも呼吸を止めて泳ぐなんて、できるはずもない。

「不安にならずとも大丈夫ですよ。そこは私に任せてください」

ウィエルはこう言うが、不安なものは不安である。

まだ見ぬ海底の国へ思いを馳せ、ミオンは調理に取り掛かった。

◆

「——なんだ、あのちんちくりんは？」

そんな三人から、十数キロ離れた山頂。そこに一本だけ異様にながい大樹があり、一人の女性が三人を見下ろしていた。

恐らく、百人の男がいたら百人全員が求婚するであろう、目を見張る美貌。

金髪というより黄色い髪色のショートパーマは、いたずらな風によって揺れている。

目元は、全身全霊、元気いっぱいといった感じ。力強さも感じられる。

体つきは、まるで少女がそのまま大きくなった印象。はっきり言ってしまえば、ミオンよりも幼い体形である。

少女の肩にはリスが。頭の上には小鳥が止まっている。一見、森の精霊と見間違うほどに、その姿は森に溶け込んでいた。

「まさかあいつが、クロアのアニキの次の弟子……？　アタシの妹弟子、か？」

人差し指と親指で丸を作り、ミオンだけを注視する。

望遠鏡のようにミオンだけが大きくなり、じっと見つめた。

「あれは、兎人族か。だが戦い方も並みだし、センスも感じられない。あんなのがアニキたちの弟子だと……？」

苛立った様子の少女に、小動物たちは一斉に消えてしまった。

しかしすぐに気持ちを抑え、ゆっくりと深呼吸をする。

「まあ落ち着け……落ち着け、アタシ。あんな奴でも、アニキたちの弟子だ。アタシが変に突っかかるわけにはいかない」

ざわめく気持ちを整えた少女は、ミオンから視線を外さず見つめ続けた。

「アニキたちに相応しいか、このアタシが見定めてやる」

◆

「――見られているな」

「ですね。けど、どこからかはわかりません」

ウィエルとミオンの作った食事を食べていると、クロアがぼそりと呟いた。ウィエルもそれに同調するが、いきなりのことに、ミオンは目を見開く。

「み、見られてる……!?　誰にですか……!?」

「ミオンちゃん、周りを見ないように。食事にだけ集中しているように見せかけなさい」

ウィエルにたしなめられ、ミオンは慌てて食事を再開する。

しかし見られていると教えてもらって、それに気付かないふりをするのも大変だ。

「うまく気配を隠して、視線も分散している。並みの相手ではないが……どこか、懐かしいものを感じるな」

「知り合いでしょうか？　こんなにうまく視線を悟らせない知り合いなんて、かなり絞られますが……」

「まあ、敵意はないみたいだし、今は放っておこう」

「んー……そうですね」

クロアとウィエルはなんでもないような感じで、食事を再開する。

だがミオンはまだ心配らしく、少しそわそわしていた。

「大丈夫ですって。心配しなくても、あちらは手を出してくる気はないみたいですから」

「そ、それなら、いいのですが……」

二人がそういうのであれば、安心して食事をしよう。

ミオンは視線に気付いていないふりをしつつ、真夜中の食事を楽しんだ。

第一章 旅立ちに準備はつきもの

謎の視線を感じてから、山の獣道を歩くこと丸二日。クロアはすでに、塩気の混じった磯の香りを感じていた。

その間も、まだ視線は感じているが、とりあえず無視。

ウィエルも、心なしか足取りが軽い。

なんといっても思い出の地だ。気持ちが上がらない方がどうかしている。

特にミオンは、ここ数時間であからさまにテンションが高い。人間より感度の高い嗅覚を持つ兎人族だからか、今まで嗅いだことのない匂いに気分が浮かれているみたいだ。

自分の知らない世界や、自分の知らないことを五感で体感する感覚は、クロアも覚えがある。冒険者として世界中を旅していた若い頃は、見るもの、聞くもの、触れるもの、すべてが新鮮で、楽しいものだった。

今ミオンは、そんな一番楽しい時間をすごしている。ほほえましい反面、少し羨ましいと思ってしまった。

「あ～……海、とっても楽しみです……！」

「そうだな。俺も、なんだかんだ十年以上は海に近付いていていない」

「私もですよ。ふふ、水着買っちゃいましょうか」

頭上に止まる小鳥たちが、クロアたちを歓迎するかのようにさえずっている。

この辺までくると魔獣対策や警備がしっかりしているのか、魔獣の気配は一切感じられない。気持ちのいい木漏れ日に、思わず気が緩んでしまいそうだ。

すると、少し前を歩いていたミオンが、今までよりも弾んだ声を漏らした。

「く、クロア様っ、山頂です！」

「ああ。ここを越えた先に、海が見えるぞ」

「海……！」

まだまだ元気いっぱいのミオンが、跳ねるように山頂へ向かう。

クロアとウィエルは苦笑いを浮かべ、その後へ続いて山頂に到達した。直後、下から吹き上げた風がウィエルの白銀の髪を揺らす。

山頂から見下ろす先には、広大な青。青すぎるくらい青い、絶景ともいえる大海が広がっていた。

そして、山々に囲まれているように栄える、神秘的な白い町。中央に巨大な噴水の塔があり、水路が張り巡らされ、小舟があちこちを行き来している。半円状に栄えているその町こそ、港町アクレアナだ。

ここからでもわかるほどの美しさと、優雅さ。ここからの眺めは、いつ見ても圧倒される。

そんな絶景を彩るように、海の上を飛ぶ鳥たちが鳴き声を上げてた。

想像以上の絶景だったからか、ミオンは目を見開き、声が出ないみたいだ。感極まった、という表現が正しいだろう。

まるで、当時のウィエルを見ているようだ。

ウィエルも、人生で初めて海を見たと言っていた。あの時のウィエルも、似たような感じで感動していた。

「あれが港町アクレアナ。別名、水の都とも言われている。あの小舟も生活の要だけど、観光用の小舟もあるから、あれに乗って町を見て回ることもできるぞ」

「…………」

クロアの言葉に、ミオンは反応を示さない。

ウィエルがミオンの肩に手を置き、顔を覗くようにして微笑んだ。

「どうです？　すごいですよね、この景色は」

「……はい……すごく……すごく、綺麗です……うまく、言葉にできませんけど……それでも、今まで見てきたものの中で、一番綺麗です」

「わかります。それくらい、ここは綺麗ですもの」

ウィエルも、約二十年ぶりに訪れたそこを見下ろし、熱のこもった吐息を漏らす。

二人が感動的な目を向けている中、クロアは別のことを考えていた。

思えば、アルカには同じことをしてやれなかった。物心のついた時から、ずっと一緒に木こりの仕事をしていて、旅行らしい旅行はしたことがない。連れて行っても、近隣の町に二、三日泊まりで仕事に行くくらいだ。

今思えば、失敗だったと思う。仕事ばかりでなく、こうした旅行を少しでもしていればよかった……。

でも、今のアルカはもういい歳だ。家族旅行をしても、変に意識することもあるかもしれない。

だが今は、アルカも自分の目で世界を見ているだろう。魔王討伐という大任の道中だろうけど、冒険にはそういう楽しみもある。

女を抱き、欲望に身を委ねるだけじゃ世界は見えない。もっと見識を広げてこそ、冒険というものだ。

世界のどこかにいるであろう最愛の愚息のことを考えていると、隣にいたウィエルとミオンがクロアを見上げた。

「あなた、どうしました？」

「クロア様、はやく行きましょう！」

「……ああ、そうだな。まずは宿に行こうか」

ミオンは当然だが、ウィエルも久々の町にテンションが上がっているみたいで、軽快な足取りで崖のような山道を下る。

常人なら回り道をして数時間かかる道のりを、三人はたった一時間で下りきった。

港町アクレアナは城壁のような壁と門に囲まれ、強固な警備隊によって守られている。検問前も、たくさんの観光客や商人が大挙して列を作っていた。

クロアたちも他の人たちと同じように列に並び、待つこと数十分。ようやくクロアたちの番となった。

日々同じ仕事をしてくたびれているのか、検問前にいる初老の警備兵はだるそうにあくびをする。が、クロアたちを見て首を傾げた。

「ようこそ、港町アクレアナへ。……ん？　あんた、どこかで会わなかったか？」

「これを」

クロアはアーシュタル国王陛下から預かっている紹介状を警備兵へ渡すと、目を見開いて何度も紹介状とクロアを見比べる。まるで幽霊に会ったかのような驚きようだ。

「驚いた……まさかアンタ、クロアさんかい……!?」

「ええ。覚えていてくださって、光栄です」

「は、はい！　そりゃあもう覚えていますともさ！　なんて言っても、アクレアナの英雄殿ですからな、貴殿は！　ささ、どうぞ中へ！　オラお前ら、さっさとそこ開けんか！」

老兵のただならぬ態度に、他の若い警備兵が慌てて検問を開ける。

この扱いには慣れたが、目立つからあまりこういうことはしてほしくないというのが本音だ。

「クロア様、どうぞ楽しんでいってくださいませ……！」

警備たちが敬礼して、三人を歓迎する。

それを横目に、三人は検問を通って町に入ると、ミオンがクロアを見上げた。

「さすがクロア様ですね。二十年も前のことなのに、ここでも当時を知る皆さんが、尊敬しているなんて」

「そうは言っても、俺は俺のやりたいようにやってきただけだ。尊敬されるようなことなんて、何も」

「では、当時は何をしでかしたのですか？」

「しでかすこと前提で話を進めるな」

「クロア様が関わって、何もしないなんてことはないでしょう」

「そんなことは……」

一瞬考える。思えば、クロアがいろんな都市に出向いて、何もせずに出ていったことがないかもしれない。

クロアは咳払いをすると、当時を思い出すように頬を掻いた。

「確か、あれは……そう、海洋に巣食うシー・プリーストを討伐したんだ。海の景観を見るのに、邪魔だったんでな」

「……それって、海坊主のことですか？」

「ん？　ああ、確か今は、そう呼ばれているんだったな。そいつだ」

ウィエルも当時を思い出して、くすくすと楽しそうに笑った。

「あの時の旦那様、鬼のような形相でしたよ。私に海を見せるためにやって来たのに、そんな魔物がいるんですから」

一年に一度現れては海洋に浮かぶ船を破壊し、高波や渦潮を発生させ、一ヶ月にわたって海洋を荒らす海の化け物。それがシー・プリースト……海坊主だ。

クロアたちが当時アクレアナに訪れた時、それがちょうど現れていた。

せっかくの新婚旅行中、一ヶ月も海を荒らされては旅行も台無しだ。それに、町の人々からシー・プリーストのせいだということは聞いていた。

そして、討伐した。二十年も前のことだから、当時のことはある意味で伝説として語られているらしい。

シー・プリーストを討伐したことを自慢するつもりも、鼻にかけるつもりもない。

すべては、美しい海や町並みを、ウィエルに見せたいためだ。

このことはウィエルにも伝えていないが、ウィエルはすべてを見透かしているように幸せそうな笑みを浮かべていた。

それを見て、ミオンもすべてを察した顔をして頷いた。同時に呆れたような目で、クロアを見上げる。

「まったく。愛する奥様のために、海洋の大怪物を討伐するだなんて……本当に昔から変わらないのですね、クロア様は」

「でしょ？　お優しいんです、旦那様は」

「う、うるさい。それにシー・プリーストなんて小物、倒したって自慢にならないだろう」

「海坊主を小物扱いするの、この世でクロア様だけでしょうね」

ジト目で見てくるミオンから目を逸らし、小さく咳払いをする。

「そ、それより、どうだ、アクレアナの町並みは？　壁の内側に入っても、荘厳で美しく、綺麗だろう？」

　誤魔化したな。そう思いながらも、ミオンはそれ以上このことには言及せず、アクレアナを見渡した。

　上から見た通り、白く美しい外壁の建物が規則正しく並んでいる。

　それに立派な水路には綺麗な水が流れ、小舟があちこちを行き来していて、子供たちが水路へ飛び込んでいた。

　綺麗さと、美しさと、厳かさと、平和。すべてがかみ合っていて、すべてが調和している。まるでこの世の楽園だ。

「すごい……近くで見ると、本当にすごいです。まるで芸術作品……いえ、町全体が宝石箱みたいな……」

「宝石箱か。はは、いい例えだ」

　周囲を見渡して、ミオンは自然と笑みがこぼす。これが旅の醍醐味《だいごみ》というやつだ。

　少しだけ、周囲を観光しつつミオンに町の説明をする。

　ミオンはなんでもかんでも興味を持っていて、わくわくした顔をしていた。

　そのまましばらく歩いていると、不意にウィエルが懐に入れていた紙を取り出し、二人にそれを見せる。

「さて、そろそろホテルに行きましょうか。これがアーシュタル国王陛下からいただいた地図と、紹介状です。ホテルは陛下が予約を取ってくれているみたいですよ」

なんと、アクレアナに入るための紹介状に加え、そんなものまで用意してくれていたらしい。至れり尽くせりだ。

王族の予約したホテルなんて、いったいどれだけのホテルなのか。クロアとしても、気になるところだった。

「地図によれば、ホテルはあちらですね。私についてきてください」

「待った」

ウィエルが自信満々に進もうとしたところへ、クロアが食い気味で止めた。ウィエルもミオンも、不思議そうな顔で振り返る。

「あなた、どうしました？」

「クロア様？」

「あー……気のせいならすまない。だけど、その……ウィエルって、方向音痴だったような気がするんだが？」

言いづらそうに、クロアが呟く。

まさかの新事実に、ミオンも目を見開いてウィエルとクロアを交互に見た。

料理が苦手なだけで完全無欠と思っていたウィエルに、こんな弱点があるだなんて思わなかったのだろう。

しかしウィエルはむっとした顔になり、腰に手を当てて怒ったように鼻息を荒くした。

「失礼ですね。いったい何年前の話をしているのですか。私も立派な大人です。あれから成長だってしているんですからね」

「あ、ああ、すまない。そうだよな」

「はいっ。私に任せてもらえれば、間違いありません！　さあさあ、行きますよ！」

どこからこんな自信が湧いてくるのだろうか。クロアは疑問に思いながらも、意気揚々と先を進むウィエルの後についていく。

そのすぐ隣をミオンがついて行くが、不安そうにクロアへ話しかけた。

「ウィエル様って、方向音痴なんですね。初めて知りました」

「村を出てからは、俺と離れたことなんてほとんどないからな。知らないのも無理はない」

離れても、クロアのもとには転移魔法で戻ってくるから、特に困ることもない。

「因みにですけど、どれくらい酷かったんですか？」

「酷いのは前提なのか。だが、そうだな……村に移住する前は王都にいたんだが、四軒隣の八百屋に買い物に行くと、半日は帰ってこなかった」

「重症ですね」

「諦めたよ」

クロアの苦笑いを見て、ミオンも察したように息を吐いた。ウィエルの方向音痴は、治そうとしても治らない。

現に今も。

「えっと、んっと……こっちですね。……あ、いや、こっちかな？　あれ？　ん？　ん～～～～……？」

案の定、完全にわからなくなっている。

地図をこねくり回し、首を傾げ、体を傾かせる。

さらに反対。もう一度反対。その場でぐるぐる回転して、回転して、回転して……目までぐるぐると回していた。

「う、ううぅ～……にゃっ……！」

「おっと」

混乱したウィエルが水路に足を踏み入れそうになった瞬間、クロアがウィエルの脇に手を入れて抱っこした。

かなり目が回っているのか、クロアに抱っこされたまま全身から力が抜けている。

「あうぅ～……目、目が回って～……」

「うぃ、ウィエル様、可愛すぎます……！」

普段見ないウィエルの隙だらけの姿に、ミオンは頬を染めて生唾を飲み込む。クロアもこんなウィエルの姿は久しぶりに見て、ちょっとだけ胸が高鳴った。

抱き上げたウィエルを下ろしてやると、まだ回復しきっていないのか、ウィエルはクロアの手を杖替わりに立つ。

そんなウィエルの頭を、優しく撫でた。

「ウィエル、選手交代。これ以上は時間がかかりすぎる」

「ちょ、ちょっと待ってください！　まだ、まだいけます！　チャンスはあります！」

「ノーチャンスだ」

無慈悲な宣告に、ウィエルは恨めしい顔で息を飲んだ。

体の後ろに地図を隠していやいやと頭を振る。

「ほら、地図を渡しなさい」

僅かばかりの抵抗をしたが、無駄だと察したらしく、観念してクロアに地図を手渡した。

地図を片手に、辺りを少しだけ見渡すクロア。

「ふむ……あっちだな」

すぐに場所を把握し、地図通りに道を歩いていく。冒険者にとって、地図を見て歩くのは日常茶飯事だ。迷いようがない。

迷わず歩いていき、蜘蛛の巣のように張り巡らされている通路や水路を進むこと二十分弱。突然通路が開き、広大な広場に出た。

中央には、山頂から見えた巨大な噴水が。どうやらここは、港町アクレアナの中心に当たるらしい。

広場には観光客向けの観光スポットはもちろん、屋台がぐるりと並んでいて、ちょっとしたお祭り状態になっている。

そんな広場に隣接する、巨大な建物。首が痛くなるくらい高く、太陽光を反射して煌びやかに輝いている。

あれが、アーシュタルの予約してくれたホテルだ。

「あれだな。ホテル・グランドアクレアナ。この町で一番の高級ホテルで、世界の高級ホテル集にも名を連ねているみたいだ」

Ｂｙアーシュタル。余計な情報まで手紙に記されている。

しかしアーシュタルの計らいは嬉しいが、国王権限でこんな場所ばかりに泊めてもらうのは気が引ける。まあ、隣のミオンは嬉しそうな顔で見上げているが。

「お、おお！　まるでお城みたいな旅館ですね……！」

ホテルというものが初めてなのか、ミオンは目をキラキラと輝かせている。年相応の反応に、クロアも思わず笑みを見せた。愛弟子が嬉しそうにするなら、こういうのもありなのかもしれない。

が、ウィエルはまだ落ち込んでいるのか、少しだけほろ苦い顔をしていた。

「うぅ、私も成長していると思ったのですが……」

「地図を読む練習もしていないのに、成長も何もないだろう」

「もっとオブラートに包んでください！」

ミオンは、ふくれ面をしているウィエルに庇護欲を掻き立てられたみたいで、手をわきわきさせている。

だがしかし、弟子として師匠を愛でるという不敬はしてはならないという理性が働いているようで、ウィエルを撫でたい気持ちはギリギリのところで抑えつけているらしい。

たまになら愛でてもいいとは思うが、そこはウィエルの尊厳を尊重して黙っていよう。

ウィエルはまだふてくされているのか、ぶつぶつと何かを呟いている。

「次こそ……次こそは……！」

どうやら、まだチャンスがあると思っているらしい。仕方ない。

「ウィエル」

気落ちしているウィエルの肩に手を乗せて、優しい笑みを浮かべるクロア。

そんなクロアを見上げて、ウィエルは安心したような顔をすると……。

「向き不向きがあるから、いい加減諦めろ」

「ばかぁ‼」


一気に奈落へ突き落とされたのだった。

◆

紹介状をホテルのコンシェルジュに渡すと、話は通っているからか、流れるように受付をすませ、すぐに部屋へ案内された。

ホテルのエントランスには、でかでかと『ホテル・グランドアクレアナ』と刻まれていて、その前では他の観光客が写真撮影をしている。

地上六十五階。地下五階の超高層ホテルは、屋上にはオーシャンビューの露天風呂。地下には運動施設があり、演劇を楽しめる劇場や、二十四時間営業で買い物ができる商店まで備わっている。

その気になれば、このホテルで一生を過ごせるとまで言われているのが、ホテル・グランドアクレアナだ。

案内のコンシェルジュが、『65』と書かれたカードキーをエレベーターのパネルにかざすと、魔力を動力源にしたエレベーターは、途中で止まることなく最上階へ向かう。

ガラス張りのエレベーターからは、夕日に照らされた大海と、茜色に染まったアクレアナの町並みが見える。

ミオンはそれが楽しいみたいで、ガラスに張り付いてそれを見下ろしていた。

「うおおおぉぉ～……こ、こんな高い場所、初めてです……！」

「怖くないですか？」

「はいっ、わくわくします……！」

ミオンは高所恐怖症ではないらしい。むしろ、ガラスがなければ今すぐに飛び出してしまいそうな勢いだ。

しばらく昇っていくと、エレベーターはゆっくりと減速し、扉が開く。

その先にはなんと、扉は一つだけ。どうやら最上階は、クロアたちの泊まる部屋が一つだけらしい。

豪快というか、豪勢というか。悪く言えば、無駄の極みみたいな作りである。

まあ、広すぎて困ることはない。巨漢のクロアからしたら、大きい方が羽を伸ばせる。

「こちらがお部屋になります。ご説明はいかがされますか？」

「大丈夫です。何かありましたら呼びますので」

「畏まりました。それでは、優雅なひと時を」

コンシェルジュは頭を下げると、エレベーターに乗って消えていった。

「クロア様、クロア様……！」

「はいはい、わかったから、落ち着きなさい」

ミオンに急かされ、クロアは苦笑いを浮かべる。

コンシェルジュから渡されたカードキーを扉横のパネルにかざすと、機械音とともに開錠の音が聞こえてきた。

いざ、オープン。

扉を開けるとまず目に飛び込んできたのは、夕日に焼かれた緋色の海と、茜色の空。まさにオーシャンビュー。最高の眺めだ。

リビングだけでどれくらい広いのだろうか。少なくとも、クロアたちが村で住んでいた家はまるまる入ってしまうほど、大きい。

もちろんリビングだけじゃない。寝室なんて五つもあるし、浴室はもちろん、トイレも三つある。三人しか泊まらないし、はっきり言って無駄ではあるが。

それ以外にも、ビリヤードやダーツを楽しめるイベントルーム、ガラス張りの専用プールまで備わっている。

木こりの収入では、一生かけて働いてもまず間違いなく、一泊もすることなんてできないだろう。

そんな場所にほいと泊まれてしまうのだから、王族の権力というのは恐ろしいものだ。

「ひゃ〜〜〜〜！　ひっろーい！」

そんな広さに、ミオンはもちろん大はしゃぎ。ぴょんぴょん飛び跳ね、いろんなところを開けては物色している。気持ちはわかるが、落ち着いてほしい。

クロアの隣で佇《たたず》んでいるウィエルも、どことなくテンションが高いような気がする。いつもの極貧生活とは雲泥の差だからだろうか。もし、そうであれば……。

「あなた、どうしました？」

そんなクロアの心を読んだように、ウィエルが絶妙なタイミングでクロアに話しかける。

絶妙すぎて思わず息を飲んでしまい、言い訳をするタイミングを逃してしまった。

「あー……いや、嬉しそうだと思って」

「はい、嬉しいですよ。こういう場所に泊まれる機会なんて、そうそうありませんから」

「だよな……」

「あなた？」

「いや、まあ……俺がもっと欲を出していけば、ウィエルに苦労をかけずに済んだのかな、と……そう思ってな」

　過去に、アーシュタルから報酬として貴族の地位を授けると言われた時、あれを受けていたら……そんなことを考えてしまう。

　それだけじゃない。金や称号、地位、名声を素直に受け入れていれば……後悔先に立たずとはいうが、一度考えてしまうと、いろいろと『たられば』を考えてしまって、気分が落ち込む。

　これをすれば。あれを受けていれば。それをやっていれば……。

　思考の沼に陥りそうになった時、ウィエルの手が、クロアの手に重ねられた。

　その感触で、クロアは思考の沼から戻ってくる。

　優しく、まるで天使のように微笑むウィエルは、ゆっくり首を横に振った。

「あなた、そんなに考え込まないでください。どんな生活だろうと、私の幸せは、あなたの隣にいることです。あなたがいなければ、私はここにいません。貧しくても、慎ましくても、あなたの隣にいることが、私のすべてなのですから」

「ウィエル……ありがとう」

　ウィエルの言葉に、少し救われた気がした。

　クロアは気持ちを切り替えると、まだそこかしこで飛び跳ねているミオンを手招く。

「ミオンちゃん、はしゃぎまわるのはいいけど、まずは風呂に入りに行くぞ。汚れて気持ち悪いだろう」

「お風呂！　露天風呂！」

風呂自体、いつぶりだろうか。ウィエルの魔法で綺麗にしてもらっていたが、ちゃんと風呂に入るのは久々な気がする。

クロアでさえそう思うのだ。女の子のミオンからしたら、嬉しいに決まっている。

意気揚々と風呂の準備をしているミオンだが、ウィエルがどこからか出した青い布切れをミオンに手渡した。

「これは……なんです？」

「水着ですよ。さっき、ちょっとした隙に買っておいたんです。サイズも色も、ミオンちゃんにぴったり合うと思いますよ」

「水着、ですか？　なんで……？」

「混浴だからです。このままではすっぽんぽんで入ることになりますから」

「へえ、混浴……混浴⁉」

ぼしゅっ！　と顔が真っ赤になるミオン。混浴だなんて聞いていないとでも言いたげな目で、ウィエルを見る。

「ここここ混浴、て……男女が一緒にお風呂に入ること、ですよね……⁉」

「そのままの意味です。まあ、温水プールとでも思えば大丈夫ですよ」

そう言われてもミオンは恥ずかしいのか、クロアをちらちら見上げる。

親子ほども歳が離れているし、クロアにはウィエルという最愛の妻がいるから、そんなに恥ずかしがることもないとは思うのだが。

しかし乙女心というのは複雑なようで、葛藤しているのかうなり声をあげる。

「もしあれなら、内風呂でもいいぞ。部屋に備え付けられてる風呂場も、普通に広いし」

「う……ぐ、ぬぬぬ……！」

が、露天風呂の魔力には勝てなかったらしく……。

「わ……わかり、ました」

観念して、ウィエルから水着を受け取った。


男女別で分かれているシャワー室で身を清め、着替えをすませるクロア。

人前で裸になるのは久々だが、脱ぐ度に全員クロアのことを見てくる。まあ、これだけ筋骨隆々な男がいたら、注目を浴びるのは必然か。

こういう視線には慣れているが、男に見られて喜ぶような性癖は持ち合わせていない。さっさとシャワーを浴びてしまおう。

手早くシャワーと着替えを終えて脱衣所から外に出ると、ちょうどウィエルたちも一緒に出て来た。

ミオンはすでに目の前の絶景にとりこのようで、うっとりした顔をしている。

「お、おおおお……！　すっご～い……！」

「本当、大絶景ですね」

見渡す限りの絶景が見える、屋上の露天風呂。広々とした大浴場には、水着を着た老若男女が思い思いに過ごしていた。

風呂場なのだがバーが併設されていて、派手な格好をした若い男女が楽しそうに酒を呷《あお》っている。

このホテルに泊まるような人はみんな美意識が高いようで、男女ともに整った容姿をしていて、清潔感が溢れていた。

しかしその中でも、ウィエルとミオンは別格の美しさを見せていた。

ウィエルは黒色のモノキニビキニ。胸が大きく開いていて、えらく煽情的だ。男としてはそそるが、夫としてはもう少し露出を抑えめにしてほしいところ。まあ、ウィエルがそれを気に入ったのなら、クロアが止めるなんて野暮だろう。

それに対してミオンは、青い生地と花柄の三角ビキニ。決して大きくはないが、形のいい胸を作っている。体つきは年齢にしては幼いが、全体的にうっすら筋肉がついていて、活発な印象がある。

どこからどう見ても、絶世の美女。そんな二人に、男たちは熱い視線を向けるが……次の瞬間、顔を青くして目を逸らした。

二人の傍にいる筋骨隆々の巨漢の男が、静かな闘気をにじみ出していたからだ。

無論、クロアである。

ひとつひとつの筋繊維が見えるほど隆起した筋肉と、浮かび上がる血管。ウィエルの用意したサーフパンツですら、今にも張り裂けそうなほどぴちぴちだ。

無言の威嚇に、男たちは三人から距離を取る。

逆に女たちは、クロアを見て頬を朱色に染めていた。

が、それを許すウィエル《妻》ではない。

悪魔のような天使の笑顔で圧を振りまくと、女たちも冷や水を浴びせられたように顔色を青くし、黙って足元を見ていた。

一瞬にして地獄絵図の完成だ。

「いやいや、何をしているんですか、お二人とも」

そんな地獄の中、ミオンだけがいつも通りである。ジト目で二人を見て、ずずいっと詰め寄った。

「ほら、周りのお客様にご迷惑ですから、威嚇と威圧をやめてください。ゆっくり温泉に浸かることもできないじゃないですか」

「う……すまん。つい」

「そ、そうですね。そんな視線も覚悟の上で、混浴風呂に来たのです。郷に入っては郷に従えですよね」

「そうです。温泉はゆっくりする場所ですよ」

なぜ弟子にたしなめられているのだろうか。

そんな疑問が湧いたクロアだが、今はミオンが全面的に正しい。反省。

気を取り直した三人が風呂場に向かって歩くと、まるで王族の凱旋のように道が開ける。

ウィエルたちの神聖的で圧倒的な美貌と、クロアから漂う圧。そして何より、美女二人がクロアに絶大な信頼を寄せている雰囲気に、誰も近付くことはなかった。

三人は湯舟に入ると肩まで深く浸かり、久々の風呂に全身の力が一気に弛緩《しかん》した。脳にじんわりと甘い痺れが走り、思考が鈍る。まるで疲れが染み出てくるような感覚。風呂は心の洗濯とはよく言ったものだ。

「はひぃ〜……溶ける……」

「本当、気持ちいいですね〜」

決して熱すぎず、かといってぬるすぎない。絶妙な温度だ。ウィエルとミオンも、風呂の快適さに緩んだ笑みを浮かべている。

そっと息を吐いて空を見上げると、夕日が沈んで星々が浮かんできた。

昼間の空に落ちそうなほどの青空や、夕暮れ時の澄んだ茜色の空とは違い、天使が星屑をちりばめたような星空は、まるで見る者すべてをとりこにするかのようだ。

満天の星を見上げながら入る風呂は格別だ。時の流れが遅く感じる。

と——その時。

「ひゅ〜！　すっげーエモい！　やっべ、ばちくそ興奮してきたァ！」

「こんな場所で混浴とか、さっすが高級ホテルはちげーぜ！　冒険で金貯めてよかったー！」

面倒くさそうな二人の輩が、風呂場に入って来た。せっかくの雰囲気が台無しだ。

輩たちはバーで酒を飲み、ギャーギャー騒いでいる。周りの客は、迷惑そうな顔でそいつらを見ていた。

それはミオンも同じようで、横目で侮蔑の視線を向けている。

「なんですか、あの人たちは。私、文句言ってきましょうか？」

「やめておけ、すぐガードが来る」

と、クロアの言う通り、黒服の屈強な男たちがやってきて、酔っ払いに注意を始めた。

最初は抵抗していた輩たちも、手を上げて観念したような顔をする。それだけで、ガードたちはどこかへ言ってしまった。どうやら厳重注意で済まされたらしい。

「げっ。んだよぉ、すこ～し騒いだだけだろうが」

「高級ホテルのくせに、懐はちっせ～んだな。……お？」

と、一人の輩がウィエルとミオンを見て下卑《げび》た笑みを浮かべる。相方の様子に気付いたもう一人も、にやにや顔でこっちに近付いてきた。

「ひゅ～。ちゃんねーたち、めっちゃ美人じゃ～ん」

「なあなあ、オレらと遊ばない？　オレら冒険者でさ。いろいろとテクは持ってんだよ。楽しませてやんぜ？　ギャハハハ！」

酒を片手に持った酔っ払いどもが、ウィエルとミオンに絡んできた。

ひょろひょろで、筋肉っぽい筋肉もついていない。ただ無駄にチャラく、無駄に調子に乗っている。

結構酔っているみたいで、傍にいるクロアに気付いていない。ウィエルは呆れたようにため息をつき、ミオンも同情的な視線を輩に向けた。

もちろん、こんな状況を許すクロアではない。

湯舟から立ち上がると、身長二メートル強の色黒マッチョが、丸太のような腕や足を見せつけるよう輩たちの前に立ち塞がる。

まずいと思ったらしく、さっきまで酒で顔を真っ赤にしていた二人だが、今の二人の顔面は真っ青だ。

しかし、時すでに遅し。

クロアは二人の顔面をアイアンクローで掴み上げると、軽々と持ち上げてガラスの柵へ近付いた。

地上六十五階＋屋上。落とされたら、常人なら死んでしまう。

柵ギリギリまで近付き、掴む力を僅かに強めた。

「選べ。死ぬか、消えるか」

「すっ、すすすすすすすんませんすんません！」

「も、もう二度と顔見せません！　だ、だから命だけは……！」

「……消えろ」

二人の顔面から両手を離すと、痣になったのか、赤黒い手形を付けて急いで露天風呂から出ていった。

そっと息を吐くクロアに対し、周りは拍手喝采の大騒ぎ。自分のためにやったことだから、ここまで賞賛されると恥ずかしいやら気まずいやら。

とりあえず周囲にお辞儀をしながら、ウィエルたちのところへ戻っていった。

「やれやれ。こういった高級ホテルでも、あんな輩がいるんだな」

「高級とは言っても、お金さえあれば一般人も泊まれるホテルですからね。そこが、このホテルの良い点でもあるのですが」

湯舟に戻って来たクロアの腕に、ウィエルがうっとりした顔で抱き着く。

すでにさっきの輩たちに興味をなくしたのか、溶けてふにゃ顔をしていたミオンが、不意にぐぐーっと体を伸ばした。

「んぁ～……！　ずっとここにいたいです……！」

「ずっとは無理だが、まあ二、三日は滞在する予定だ。明日は海に行くぞ」

「海！　海水浴ってやつですね！」

人生で初めて海に入るからか、ウキウキ顔でガラス越しに海を見下ろすミオン。

が、しかし。

「明日から三日間は、海で修行をするからな。今日はゆっくり休みなさい」

　クロアの言葉に、一気に絶望へ落とされた。

　血の気が引いた、愕然とした顔でクロアを振り返る。

　一パーセントの聞き間違いの可能性を信じ、ミオンはぎこちない笑みを見せた。

「しゅ……え、今なんて？」

「修行だ。修行」

　希望は潰えた。

「な、なんですか修行って！　聞いてないですよ、そんなの！」

「今言ったからな。まあ安心してほしい、無茶なことはさせないから」

　嘘ではないのだが、信じられないのかミオンはクロアに疑いの目を向ける。自身の日頃の行いのせいとはわかっているが、師匠に向ける視線じゃないだろう、それは。

　そんな二人を見ていたウィエルが、ミオンを安心させるように語り掛けた。

「ふふ、大丈夫ですよ、ミオンちゃん。今回の修行は、私が主導して行いますから」

「それはそれで怖いんですけど……」

「怖くしてあげましょうか？」

「いえっ、優しくお願いします！」

　首が取れるんじゃないかと思うくらい、ぶんぶん首を振る。

　優しくしてくれるなら、絶対そっちの方がいい。鬼の扱《しご》きはこりごりだとでも言うように。

　決まってしまったものは仕方ない。ミオンは諦めの顔で、海を遠くまで見つめる。

「……あの、因みにどんなことをするんですか？　あ、海だから、遠泳とか？」

自分たちの目的は、海底の国ディプシー。そこまで泳いでいくために、泳ぎの特訓をする。悪くない考えだ。

船という発想がないのはだいぶ毒されているが、ミオンは気付いている様子がない。

「それでもいいが、ディプシーは海の上を二週間ほど行かないといけない。そこから千メートル潜った場所が、海底の国ディプシーだ。さすがに二週間ずっと泳ぎ続けるのは、俺でも厳しいものがある」

「それでは、素潜りの特訓ですか……？」

「いや、違う」

泳ぎや素潜り以外に思い浮かばないのか、ミオンは腕を組んで首を傾げる。特に、フィジカル的な修行をメインとするクロアではなく、魔法メインの修行をつけてくれるウィエルが主導となると、なおのことわからないみたいだ。

クロアがウィエルを見ると、にこりと微笑んで頷いた。

「まあ、簡単に言えば……歩行です」

………。

「歩行？」

◆

「あばべ⁉」

ざっっっぱあああああああああああああああああああああああん‼

青空に盛大な水しぶきが上がり、海中深くに沈んでいくミオンだが、慌てて水上に顔を出した。

「ぶへっ。けほっ、けほっ。うぅ、しょっぱい……！　噂に聞く以上にしょっぱいです……！」

海に頭まで浸かり、涙目で咳き込むミオン。そんなミオンを、二つの影が見下ろした。

「ふむ。一分ですか……たった一時間の訓練でここまで延びるなんて、さすがミオンちゃんですね。魔力コントロールだけ見れば、そこらの魔法使いより素晴らしいです」

「ああ。まさかここまで延びるとはな。これも、ウィエルがいい修行をつけてやったおかげか」

「あら。おだてても何も出ませんよ」

平然と会話をしているクロアとウィエル。なのだが……場所が異様だった。

見渡す限りの水、水、水。いや、海水——海だ。

無限に広がる海に、同じく無限に広がる青空。遊んでいるようにたゆたう白い雲。

そう、ここは海の上。しかもかなりの沖合で、アクレアナの町が水平線に小さく見える。

自分のいる場所を改めて確認し、ミオンはゆっくりと二人を見上げた。

そこには、海の上に立っている絶世の水着美女と、ゴリゴリのマッチョがいた。

優雅に佇むウィエルの肉体のなんと美しいこと。白い肌に黒いビキニが映え、普通の水着なのに艶めかしく見える。同性でも見とれてしまうほどだ。

クロアの肉体は、文字通りゴリゴリ。ブーメランパンツで、脚の筋肉すら彫刻のように美しい。が、いかんせん強面すぎて、こんな人がビーチにいたら、怖すぎて誰も近寄らないだろう。さっきも子供に泣かれていたし。

そんな二人に圧倒されるも、ミオンは抗議の意思を示すためにムスッとした顔を見せた。

「水上歩行なんて、普通魔法が使えたとしてもできないと思うんですけど」

「私ができているじゃないですか」

ウィエルがステップを踏み、水上でダンスを踊る。まるで水と戯れる精霊のようだ。綺麗すぎるダンスに、つい見惚れてしまった。

目の前でこんなものを見せられたら、ぐうの音も出ない。でも、ウィエルが特別だと思うのは気のせいだろうか。

「コツは脚全体ではなく、足の裏に魔力を溜めることです。そうすることで海を固定化し、人が立って歩くことができるんですよ」

「原理はそうかもしれませんけど」

原理を知ってなお、たった一分しか海の上に立てない。

これほど繊細で難しい魔力コントロールは、今まで習ってきた中でも最高難易度だ。

「うぅ、普通に遊びたい。せっかく海に来たのに、遊べないなんて……」

「時間はありませんよ。明後日には出発するんですから。ほら、もう一度」

ウィエルが人差し指を振るうと、水がうごめいてミオンを水上に持ち上げた。頭までずぶ濡れだが、太陽光のおかげで寒くはない。

服が張り付いて気持ち悪い。しかしウィエル曰く、水上歩行の魔法を習得すれば、この気持ち悪さを味わわずに済む、とのこと。

逆を言えば、いつまでも習得できなければ、この気持ち悪さを永遠に味わうことになる。そんなの嫌すぎる。

せめて水着に着替えたいが、師匠であるウィエルの方針なら従うしかないのが弟子だ。

ウィエルがミオンの手を握り、バランスを取る手伝いをする。

「仕方ないですね……では、一時間を超えて立つことができたら、今日は遊びましょうか」

「ほ、本当ですか……!?」

「ええ。その代わり、できなければとことん修行しますからね」

「わ、わかりました！　やります！」

我ながら現金だとは思うが、遊びたい盛りのお年頃からしたら、これほどモチベーションが高まることはない。

「ミオンちゃん、大きく深呼吸をするんです。ゆっくり吸って、吐いて、吸って……」

「す～……は～……す～……」

ウィエルの声に合わせて、深呼吸をする。

同時に、体の中を循環している魔力に意識を向けた。頭、肩、腕、胴、脚を巡る魔力を、意識してコントロールする。

微細なざわつきもなくして、なだらかに、滑らかに足裏に魔力を集中する。

「はい、どうぞ。ゆっくり、慎重にです」

「遊びたい遊びたい遊びたい遊びたい遊びたい……」

雑念を念仏のように唱え、魔力の波を一定に保つ。

すると、足裏に感じていた波の不安定さが消え、まるでふかふかの絨毯の上に立っているかのような感覚になっていった。

ただ立っているだけなのに、地面だけが動いているようだ。慣れないが、少しずつこれが癖になってくる。

うまく立てたのを確認してか、ウィエルが手を離して、ミオンから離れる。少しだけバランスが崩れるが、それもすぐに立て直した。

体を循環する魔力の流れを意識し、常に足裏に魔力を溜め続ける。

「遊びたい遊びたい遊びたい遊びたい遊びたい遊びたい遊びたい……」

そう、すべては遊びたいがためだ。

「「…………」」

クロアとウィエルが少し引いているが、四の五の言ってはいられない。遊びたい盛りの少女にとって、海まで来て遊べないのは死活問題なのだ。

今、ミオンの頭の中には、水の上に立つ自分のイメージと、波打ち際やビーチで遊んでいる二つの自分がいる。

集中、集中、集中……。

集中に没頭していると、なんとなく魔力と自分の間の境目が溶け合い、なくなっていくような感じになってきた。気持ちいいような、気持ち悪いような。

自分が魔力で、魔力が自分で……。

…………。

………………………。

……………………………。

「ミオンちゃん」

「にぎゃ!?」

唐突にウィエルに声を掛けられ、魔力コントロールが乱れて水中へ落ちていった。

「げほっ、げほ！　な、なんですか、ウィエル様……！」

「……一時間、経ちましたよ」

「……え？」

今、ウィエルはなんと言ったのだろうか。海から上がって来たばかりで、よく聞こえなかったが……。

「今、なんと？」

「海の上に立って、一時間です。すごいですね、欲望の力というのは。こんな短時間で、一時間も水上に立つことができるなんて思いませんでした」

　ウィエルの手放しの賞賛に、ミオンは呆然と海に浮かぶ。まさか本当に、一時間も立っていられるなんて、思ってもみなかった。

　嬉しさ半分、驚き半分。人間、やればできるのだと認識した。

「は、はは……ん～～～っ……！　やったー！」

　無意識のうちに足裏に魔力を集め、そこを足場にして跳び上がった。

　海の中からだというのに、余裕でクロアの身長を超えるほどのジャンプ力に、ミオンは自分で驚き再び海に飛び込んだ。

「げほ！　な、な、な……⁉」

「驚きました？　水上歩行の魔法は、超繊細な魔力コントロールが鍵となります。これをマスターすると、他の魔法の威力も格段に上がるんですよ。今のも、身体強化魔法の性能が上がったおかげです」

　ウィエルの答えに、納得した。なるほど、そういうことか。

　呆然と、自分の成長を肌で感じていると……あることに気付いた。

　ウィエルは魔法を使っているから、海面に立っているのはわかる。だがしかし、魔法を使えないクロアも海面に立っているのだ。直立不動の仁王立ちで。

　これはどういうことなのだろうか。不思議現象すぎる。

「あの、クロア様。なぜクロア様も海面に立てているのですか？　クロア様は魔法が使えないんじゃ……あ、ウィエル様が魔法をかけているとか？」

「よく足元を見ろ」

「え？　……ん？」

　クロアに言われた通り足元を見ると、海面が僅かに波立っている。それに、クロアの足が少し震えているような。

「簡単に言えば、超高速で足を動かして、水を固めて立っているんだ」

「そんな馬鹿な」

「事実だ」

　いよいよクロアが人類かどうか怪しくなってきた。元からだけど。

「いやー、懐かしいですね。昔、二人で一日中海上散歩をしたことを思い出します」

「だなぁ。周りに灯りがないから、満天の星が綺麗で」

「そこでファーストキスしたんですよね」

「あの時のウィエル、大胆だったな」

　唐突にイチャイチャしだした。

　そんな二人を見て、ミオンはジト目でゆっくり海に沈んでいったのだった。やってられるか、という意味を込めて。

ミオンの想像以上の修行の成果に、この日は約束通り修行を早々と切り上げ、ミオンの要望通りに遊ぶことにした。

あんなに遊びたがっていたミオンも、さすがに海水浴という気分ではないらしく（海水を飲みすぎたらしい）、三人は町に繰り出した。

海水浴場がある南側とは反対、北側にやってくると、さっきとはまったく雰囲気の違う場所へやって来た。

観光客ならここに来なければ損と言われるほど有名な、アクレアナ漁港だ。

ここでは新鮮な海の幸を思う存分楽しめるし、予約をすれば船に乗って海釣り体験もできる。

他にも水族館が併設されていたりして、大人から子供まで楽しめる場所だ。

魚介の生臭さはあるものの、それがここの良さでもある。

嗅覚の鋭いミオンは、最初の方こそ顔をしかめていたものの、今は慣れたのかあちこちを見て回っている。

「おおおおっ。お魚さん、たくさんいます……！」

今まさに競りにかけられている魚を見て、ミオンはテンションが上がった。こうして大漁の魚が並んでいるのは、日常生活を送っていたら見ることがない光景だろう。特に、山奥暮らしのクロアたちとミオンからすれば、なおのことだ。

競り以外にも、連なっている店頭に並んでいる魚介類を見て回る。

馴染みのある魚から、見たことのない虹色の魚。ミオンくらい大きな巻貝に、魚とタコが合体したようなものまで、多種多様だ。

目を輝かせて、それらを見つめるウィエルとミオン。

可愛らしい反応に、クロアは魚介類より二人を見ていた。

「わ、見てください、ミオンちゃん。この魚。すごく透明です」

「内臓と骨まで透明ですね。こんな魚、山奥じゃ絶対お目に掛かれないですよ」

キャッキャと楽しんでいる二人に、クロアの心は癒された。

奇妙で不思議な魚たちに満足したのか、二人は商店から飲食店の並んでいる海鮮市場へと足を向けた。

クロアも離れずについて行くと、いたるところから香ばしい料理の香りが漂ってきた。

店前のテーブルでは観光客が所せましと座り、焼き物や煮物、揚げ物、刺身、海鮮丼。それ以外にも海の幸を使った、見たことのない料理を食べている。

人が美味しそうに食べているのを見ると、お腹が空くのは本能なのだろうか。クロアの腹が、何か食わせろと喚き始めた。

「くんくん、くんくん。はぅぁ、とってもいい匂い……！」

「お腹空いてきましたね～」

どうやらウィエルとミオンも、同じことを考えていたらしい。そうなれば、腹ごしらえと行こう。腹が減ってはなんとやら、だ。

とりあえず適当なものを食べようかとあたりを見ていると、不意に高齢の女性と目が合った。

女性はニカッと笑い、クロアを大きく手招いた。

「いらっしゃい！　お客さんでっかいねぇ、何か食っていくかい？」

「あー、そうですね……では、貝串をひとつ」

「あいよっ！　……あん？　あんた今の声……それにその巨体。まさかっ、クロア様かい!?」

止める間もなく、女性は目を見開いて大声を上げる。

当然その声は近くにいる人たちに聞こえ、全員揃ってクロアを見た。

「何ッ、クロア様だと!?」

「クロア様が来てくれたんかい!?」

「おーい！　英雄クロア様がいらっしゃったぞー！」

「お久しぶりです、クロア様！」

「ということは、こちらはウィエル様かっ」

「クロア様ー！　ウィエル様ー！」

「クロア様、うちの飯持って行ってくだせぇ！」

「ウィエル様もどうぞっ」

「お代はいりません、どうぞどうぞ！」

わいわいがやがや。一気に人だかりができ、あれこれと袋に入れた串焼きや海鮮丼はもちろん、いろいろなお菓子まで持たせてくる。

二十年も前のことなのに、こんなにも慕ってくれるのは嬉しいのだが、これでは観光どころではない。

「うぃ、ウィエル……！」

「は、はいっ」

ウィエルがクロアとミオンに触れると、足元に魔法陣を展開。転移魔法を発動し、三人は漁港から市場から少し離れた岩場へ移動した。

ここまで来ると、人はいない。どうやら一般人は立ち入り禁止になっているらしい。けど、ようやく一息つくことができる。

手には、いただいてしまった土産の数々。クロアだけじゃなく、ウィエルとミオンまで同じくらいの量を貰っていた。

確かにこれだと食料には困らないが、ただで貰ってしまった罪の意識を感じてしまっている。

今更返しに行くのもあれだし、これは貰ってしまおう。

ミオンはそっと息を吐くと、両手に持っていた食料を岩場に置いた。

「それにしても、お二人とも、すごい人気ですね。こんなにご飯も貰っちゃいましたよ。どれから食べようかな～♪」

「私もこれは予想外でした。まあ、旦那様の体格を考えれば、忘れようと思っても忘れられませんよね」

「ふふ、確かにそうですね」

二人がクロアを見上げると、なんとなくバツが悪くなって頬を掻いた。

とりあえず腹が減ってはなんとやら。せっかく貰ってしまったご飯を無駄にするわけにもいかない。

三人で岩場に座って、海を眺めながら食事を取る。

今まで食べたことがない料理に、ミオンは目を見張って頬張った。

「こらこら、ミオンちゃん。そんなにがっついてはダメですよ」

「もがもが、ごくんっ。でもすっごく美味しいですよ！　修行後に食べるご飯は格別ですっ！」

「まったくもう……ミオンちゃん、お酒飲みます？」

「いいんですか⁉」

「はい。今日はもうゆっくりしましょうね」

どこにしまっていたのか、二つのグラスに一本の酒瓶を取り出した。どうやら、さっきの市場で貰っていたらしい。

「ウィエル、さすがに酒は……」

「いいではないですか。たまには私もお酒、飲みたいです」

「……ま、いいか。俺には水をくれ」

「はい」

別のグラスに水を注ぎ、クロアに渡す。

それを見たミオンが、不思議そうに首を傾げた。

「そういえばクロア様って、お酒を飲んでいるところ見たことありませんが、飲まないのですか？　あ、もしかして肉体作りのために飲まないとか？」

「いや、そうではない。戦士たるもの、いついかなる時も臨戦態勢であるべきだ。酒は感覚を鈍らせるから、飲まないようにしているんだよ」

「な、なるほどです……！」

　クロアの説明はもっともだ。事実、そういう決心のもと、クロアはここ十数年、一滴も酒を飲んでいない。

「ミオンちゃんは酒が好きか？」

「はい。好きです」

「なら、俺を真似して飲まない、なんて考えなくていい。酒が好きで無理に我慢をすると、精神衛生上却《かえ》って悪いからな。当然、飲みすぎはよくないが、無理のない程度に楽しむといい。冒険というのは、そういう楽しみも味わってこそだ」

「は、はいっ！」

　ミオンは満面の笑みを浮かべ、ウィエルから酒の入ったグラスを受け取る。相当飲みたかったのか、貰ったご飯を肴に酒を呷った。

「いや、あなたはまったくお酒を飲めないだけでしょう」

「せっかく人が格好つけているのにやめてくれ」

台無しだった。

しかし今のウィエルの言葉が信じられないのか、ミオンは目を見開いてクロアを見つめた。

「え、クロア様、お酒飲めないんですか？　すっごく飲みそうな体格なのに？」

「いや、それは違うぞ。違うからな。断じてそんなことはない。俺は酒が好きなんだが、酒が俺を愛してくれないんだ。だから俺が酒を飲むと、酒が俺の理性を奪ってくるんだよ。だから決して飲めないわけでは――」

「それ飲めないってことですよね？」

ばっさりと切り捨てられた。確かにそうなのだが、人から言われると否定したくなる。

クロアは少し不機嫌そうに眉をひそめ、水を一気に飲み干した。

「でも意外でした。てっきりクロア様って、酒豪なのかと……」

「ですよね。このガタイでお酒飲めないって、最初はなんの冗談かと思いましたよ」

「信じられません……」

ウィエルは頬を僅かに朱色に染めて、にこにこ笑顔を見せる。

ミオンも未だに信じられないみたいで、酒をちびちび飲みながらクロアとウィエルを交互に見た。

「でも、飲んだことはあるんですよね？　ちょっと飲んだだけでもひっくり返ってしまうんですか？」

「ひっくり返るというか、酔いすぎて人格が変わるんですよ」

「あ〜……お酒飲みすぎると、そうなりますよね」

身に覚えがあるのか、ミオンは納得したように頷いた。酒飲みは多かれ少なかれ、酒の飲みすぎで人が変わったようになることはある。ミオンも過去に、恥ずかしい失敗の数々をやらかしたようだ。

「大抵の人は、お酒を飲むと笑い上戸になったり、泣き上戸になったりしますけど、旦那様はですね……」

けどウィエルは、首を横に振って面白そうに笑った。

「ウィエル、ストップ。やめてくれ。……やめてください」

クロアにとってあれは黒歴史だ。顔を覆って息を吐く。あれを人に聞かれたら、恥ずかしくてしばらく山籠もりしてしまいそうだ。

「だ、そうなので、これは私たち夫婦の秘密です」

「え〜。気になりますよ〜」

「秘密だもーん」

「もーんて。ウィエル様、もしかして酔ってます？」

「まだまだ、これくらいじゃあ酔ってるうちに入りませんよ」

と言っているが、ウィエルの傍にはすでにワインの空瓶が三つも転がっている。いくらなんでも飲みすぎ……それ以前に、貰いすぎだ。

ミオンもそれに気付き、ぎょっとした目を向ける。その反応は予想済みだ。

「ぎゃ、逆にウィエル様は、すごい飲むんですね……あれだけの量を飲んで、あれしか酔っていないなんて」

「ウィエルはザルだからな。因みに昔、王城に招待された時は、一人で王城のワインセラーを空にするという珍事を起こしたことがある」

「ザルというか、遠慮というものを知らないんですか、あの人は」

少し酔っているのか、ミオンもウィエルに対して辛辣だ。頬も赤く染めているし、目も潤んでいる。

ミオンの言葉もわかる。ウィエルは酔えば酔うほど、遠慮がなくなるのだ。そこが可愛いと思うあたり、惚れた弱みというものなのだろうか。

ただ、酔いすぎるとダル絡みが増えるのはなんとかしていただきたい。

そんな視線を向けると、ウィエルがいたずらっこのような笑みを浮かべた。

「あら。私より、あなたが酔った時の方がすごいですよ？」

「ナチュラルに人の心を読むのはやめてくれ」

「何年一緒にいると思っているのですか。ずっとあなたのことを見ているのです。あなたの考えていることくらい、手に取るようにわかりますよ」

ウィエルがクロアの膝に座り、体を預けて酒で唇を濡らす。弟子のミオンの前でもお構いなしに、甘えたくなったみたいだ。

恋愛慣れしていないミオンは、酒とは違う意味で顔を真っ赤にしている。チラチラと二人を見ては、海に視線を向けて見ないふりをしていた。

「お二人って、本当に仲がいいですよね。まるで一心同体というか、二人で一人って感じがします」

「夫婦なんてこんなものですよ。世間の夫婦がみんなこうだとは思いませんが、私たちはいつもこうです」

「過去に何かあったんですか？　出会いとか……？」

出会い、か。

ミオンの言葉に、一瞬だけ出会った時のことを思い出した。

が、すぐに首を横に振ってそのことを頭から追い出した。

「確かに衝撃的な出会いだった。あれは今でも忘れられない。ただ、俺がウィエルを愛しているだけで、出会いはきっかけにすぎないんだ」

「あなた……ふふ。そんなこと言われると、年甲斐もなくはしゃいでしまいますよ」

酒の酔いではなく、クロアからの惚気で顔を赤くしたのか、ウィエルは甘える猫のようにクロアにすり寄る。

可愛い反面、ミオンの前で恥ずかしいのだが、悪い気分じゃない。素面に戻ったら本気で恥ずかしがりそうだが。

けどミオンの興味はすでに別のところにあるらしく、目を輝かせて前のめりになった。

「あのっ、お二人ってどうやって出会ったんですか？　こう言ってはなんですけど、クロア様とウィエル様ってまったくの正反対じゃないですか。違う世界に生きている感じというか……どんな出会いだったのか、気になります！」

（違う世界、か）

ミオンの言葉に、クロアは苦笑する。言いえて妙だ。

「それに、クロア様は昔、冒険者をしていたとは聞いていましたが、ウィエル様が何をしていたのかは知らないですし……私の予想では、貴族のお嬢様……いえ、もしかしてどこかの国のお姫様とか⁉」

妄想たくましいとはこのことか。つい苦笑いを浮かべるクロア。

確かに、今までウィエルに関しては何も説明してこなかった。説明というほどのことでもないけど。

「気になっているところ悪いが、教えてやれることはない。俺たちの出会いは、俺たちだけの思い出だからな」

「え～。ケチですね」

「ケチで結構。少し複雑なんだよ、この辺は」

まあ複雑というより、ただ気恥ずかしいのだが。

ミオンは納得していないのかムスッとした顔をしているが、クロアが話さないと察したのかため息をついて酒を飲みほした。

第二章 いざ深海千メートルへ

クロアたち一行は、これまでの疲れを取るようにホテルで優雅な三日間をすごした。

クロアも初めてリラクゼーションマッサージを堪能したが、筋肉の凝りがほぐされるようで、夢のような時間だった。

全身の筋肉量と蓄積された疲労のせいで、マッサージ師が五人がかりで、三時間もかかったが。

ウィエルとミオンも、同じようにマッサージを受けたり、エステというものも体験していた。

ミオンがここにずっといたいと言っていた気持ちもわかる。本当に極楽のような時間だった。

しかし、いつまでもそうしていられない。

体力、気力ともに十分に回復したのを確認し、準備は万端。服を着たまま海へ向かった。

寄せては返すなだらかな波音と、観光客の楽し気な声を聞いていると、隣から深々とため息が聞こえた。

言わずもがな、ミオンである。

「もう出発してしまうんですね……残念すぎます。もっと遊びたかった……というか、もっと優雅な生活を満喫したかった……」

「急ぐ旅でもないが、いつまでもあそこにいたら贅沢な暮らしに慣れてしまうからな。これくらいがちょうどいい」

まだ落ち込んでいるミオンの頭を撫で、再度海に目を向ける。

青い空に白い雲が、まるで絵画に描いたかのように浮かんでいる。太陽光が照り付け、絶好の出発びよりだ。

「まあ遊べないにしても、これからは海の上だ。いつもとは違う景色だから、少しは楽しめると思うぞ」

「しばらくってどのくらいですか？」

「二週間」

「に……!?」

ミオンが驚愕に目を見開く。

驚くのも無理はない。これから先、二週間は魔力コントロールを維持していないといけないのだ。それに、見渡す限りは大海原と大空だけ。こう言ってはなんだが、ミオンにはなかなかきついことになりそうだ。

ある意味で地獄。けど、ここを行かなければ先はない。

「二週間歩けば今度は深海へ潜ることになる。気張れよ、ミオンちゃん」

「わ……わかりました。が、頑張りますっ」

しかしミオンは緊張しているのか、体が強張っている。深呼吸して心を落ち着けようとしているが、なかなかうまくいっていない。

そんなミオンの肩を優しく叩き、ウィエルが微笑みかける。

「ミオンちゃん。どれだけ波が荒れても、魔力コントロールは一定ですからね。大丈夫、ミオンちゃんの魔力コントロールのセンスがあれば、問題ありませんから」

「は、はいっ」

　ウィエルの言葉に、ミオンの体からようやく力が抜ける。

　それを確認し、クロアは海へ一歩踏み出した。

　クロアは問題なく、海上を歩いていく。

　あとに続きウィエル、そして若干緊張した様子のミオンも、海へと歩みを進めた。まるで散歩をするかのように、自然と。

　緊張していても魔力コントロールはうまくいっているみたいで、ミオンはなんなく海の上を歩いている。

　だが当然と言ってはなんだが、海の上を人間が歩く姿なんて、普通の人間は見慣れていない。海水浴場に来ていた観光客は、三人を見てぎょっとした目を向けた。

「え、何あれ」

「う、海の上、歩いてるぞ……!?」

「魔法なのかしら……?」

「そんな魔法聞いたことないぞッ」

「おかーさん、見て見てー！」

「何者だ、あの人ら……?」

後ろから聞こえてくる騒ぎも気にすることなく、三人は振り返らず、大海原に向かっていく。

地平線の彼方に三人が消えるまで、観光客は呆然とそれを眺めているのだった。

余談だが、偶然居合わせた名も無き吟遊詩人が、この光景を見て作り出した【水精の戯れ】という詩曲は、何世代にもわたり後世へと語り継がれたという。

◆

海へ出て数時間。日が傾くと、青空が茜色に染まり出した。

最初のうちは楽しそうに歩いていたミオンだが、今となっては顔が無になっている。いや顔だけではなく、心まで無になっているようだ。

思った通り、景色がまったく変わらないというのは、相当精神を削っているらしい。クロアとウィエルほどの精神力があればなんら問題はないが、ミオンにはきついみたいだ。

「ミオンちゃん、大丈夫か？」

「は、はい。まだ、なんとか……」

「まあ、この先二週間も海の上だから、これくらいで音を上げていたら困るが」

クロアの言葉に、ミオンの顔色が余計に青くなった。どうやら忘れていたみたいだ。

この景色を二週間。並みの精神では、三日で心を壊してしまうだろう。

だがしかし、これも修行だ。精神鍛錬の一環として、やり遂げてもらうしかない。最悪の場合、ウィエルが精神安定の魔法をかける手はずになっている。

「ミオンちゃん、魔力コントロールが乱れていますよ」

「ひゃいっ」

ウィエルから氷のような圧を掛けられ、すぐに魔力コントロールに意識を戻した。

魔法使いにとって、海上では魔力コントロールが生命線であり、命綱だ。本当は意識をせずにコントロールできるのがいいのだが、その辺はまだまだみたいだ。

「それに、危険なのはこの広い海だけではありません。もっと危険なものは、たくさんありますから。気を付けてくださいね」

「え？　それってどういう——」

言葉を発し終える前に、ミオンの髪の毛が逆立ち、全身から滝のような汗が噴き出した。肌が粟立ち、本能なのか反射的に飛び退くように、上空へ向けてジャンプする。

それに遅れるようにクロアとウィエルもジャンプすると、クロアたちがいた場所が大きく盛り上がり、その先に黒い何かが見える。

次の瞬間、海面が爆発。巨大な何かが姿を現した。

まるで底なし沼のような穴に、鋭利で不揃いな牙。——口だ。

獲物を見失った口は閉じられ、倒れるようにゆっくりと海面へ体を叩きつける。盛大に水しぶきを上げ、クロアたちの体を濡らした。

海面に見えている体だけで、全長は四メートル近くある。漆黒の肌に、ギョロッとした八個の赤い目がクロアたちを睨んだ。

全身は魚に近いが、海中に四本の腕と脚のようなものが見える。

魚の胴体に、人間の手足。

そう、魔物だ。

魔獣とは違い、別の進化を遂げた化け物である。

「ウィエル」

「はい」

ウィエルが魔物に人差し指を向ける。指先に魔法陣を展開。魔法陣が渦を巻いて圧縮すると、白い球体と化した。

耳鳴りのような、金属同士を引っ掻いたような不協和音が、辺りに響く。

そして、指を上から下になぞるように動かし――

「《サンダーボルト・レイ》」

――射出。

肉眼で視認できないスピードで放たれた高速の電撃は、魔物の体を真二つに切断。超強力な電撃のせいで肉は焼け焦げて血すら流さず絶命し、海の底へ沈んでいった。

魔物が倒れた衝撃で発生した水しぶきが、下から降る雨のごとく三人の体を叩く。

小さな波が起こっている海へ先に下り立ったクロアが、後から下りて来たウィエルとミオンに手を貸し、海面へ立たせた。

ミオンは腰が抜けたのか脚に力が入っていない。クロアの腕に必死に掴まっていた。

「な、な、なんですかっ、あれ……？」

「ただの魔物だ。海の旅で危険なものは三つ。一つは気が狂うほどの青。一つは海洋の巨大な魔物。いい勉強になったな」

「ままま待ってください。もう一つはなんですか……!?」

「いずれわかる。今はここを離れよう。魔物の血肉を感じて、他の魔物や魔獣が集まってくるかもしれない。そうなったら、俺たちも狙われるだろう。下手すると……」

クロアはそれ以上発さなかったが、何が言いたいのかは理解したのだろう。ミオンは高速で首を縦に振り、いそいそと脚を動かした。


完全に日が沈むと、辺りは吸血鬼とゴーストの愛する闇夜に包まれた。

辺りに人がいなければ、人工物一つない。そのおかげで空には満天の星が広がり、柔らかな月明りと星明りだけが三人を包み込んでいる。

さすがに今日の進行はここまで。ちゃんと休息を取ることも重要だ。

三人はウィエルの出した魔法のいかだに乗り、波の揺れを感じながら休息を取っていた。

ここなら眠れる上に、気配を絶つ魔法が練り込まれているから、魔物や魔獣に勘づかれることはない。それにウィエルの魔法によって、波に流されることもない。安心して休める。

が、目には見えているから、もし見つかった時のことを考えて、警戒は怠らないようにするつもりだが。

　ミオンは疲れているのか、波の揺れと波音のせいでうとうとしている。しかしお腹も空いているみたいで、腹の虫が何か食わせろと喚いていた。

「ふふ。疲れましたよね、ミオンちゃん。さて、食事にしましょうか。しばらくはレストランの食事が楽しめますよ」

「レストランの、ですか？」

　ミオンが首を傾げると、ウィエルはにこり微笑み、人差し指で空中に円を描く。

　たったそれだけで、ウィエルの目の前に何か薄ピンク色の円が浮かび上がり、その中へ腕を突っ込んだ。まるで空中に穴が開いたように、反対側にはウィエルの腕はない。

　見たことのない不可思議な魔法に、ミオンは目を見開いた。

「な、なんですか、この魔法は？」

「異次元魔法です。異次元とは、各個が独立した別次元の世界。無限に等しいほど存在し、その中の一つが時間停止の次元です。私が物を収納する空間として使っています」

「へぇ」

　ミオンが遠い目をしている。理解が追い付かなかったのか、理解を放棄したのか。

　この辺の理屈や理論は、クロアにはてんでわからないが……ようするに、自分たちの住んでいるこの次元とは別の次元があり、時間が止まっている次元も存在している。ウィエルはその次元を、ものを収納する空間として使っている……ということだろうか。

　魔法に疎いクロアは、そう認識した。

「時間停止の次元は、そこまで広いわけではありません。なので入れておける料理の数も多くはなく、三人が三食食べて一週間くらいですね。残りの一週間は、魚を獲って食いつなぎましょう。幸いにも、ここは海の上ですから」

　ウィエルが時間停止次元から、サンドイッチを取り出す。カツを挟んだホカホカのホットサンド、サラダを挟んだサラダサンド。それに温かいスープ。

　まるでさっき作られたように、どれも新鮮で温かい。

「す、すごいですね……ウィエル様、その魔法、私でもできるようになりますか？」

　無限に等しいほど存在する次元と、今自分たちがいる次元を繋ぐ。そんなことができたら便利だと考えたのだろう。ミオンの顔がキラキラ輝いている。

　しかしウィエルは渋い顔で、「そうですねぇ～……」と考えた。

「ミオンちゃんの才能。そしてやる気と根性と、今の修行の密度を五十倍にすれば、百年後にはできるようになるかもしれませんね」

「あ、やっぱいいです」

　完全に心が折れたらしい。ミオンは手に持っていたサラダサンドにかじりつき、幸せそうな笑顔を見せた。

　今の言い回しでは、不可能と言われているようなものだからな。

　クロアは苦笑すると、ホットサンドにかじりついて星空を見上げる。

　この世界だけでも、これだけの星がある。あの星々にどれだけの生命体がいるかわからないが、無限と言っていいだろう。

（別次元、か……）

　それに加えて無限の次元。もしかしたら、クロアですら敵わない想像を絶する生物が存在するかもしれない。この世のすべてを知るにはあまりにも時間も足りないし、戦うにもいくつ命があっても足りない。

　それでも、まだ見ぬ敵を思い心が弾む。自分のことを戦闘狂だとは思わないけど、いつかは果たしたいとは思っている。だが、それはいつになるのやら。

　いつも通り大きな口で、一瞬でサンドイッチを食べきり、そっと息を吐く。

　その様子を見ていたウィエルが、クロアの脚に手を添えた。

「あなた、お疲れですか？」

「いや、大丈夫だ。念のため俺が見張っているから、二人は休みなさい」

　二人に背を向け、あぐらを組んで漆黒の海を見つめる。

　飲み込まれそうなほどの黒だが、月明りがそれを和らげてくれる。美しい光と闇のバランスに、心が澄み渡るような感覚になった。

　これを眺めていると、冒険者だった頃を思い出すが、ある意味で黒歴史でもある。

　クロアは過去を振り払うように頭を振り、ウィエルにあらかじめ出してもらっていた釣り竿を振り、釣り糸を垂らした。

◆

クロアたちが海へ出て、一週間がすぎた。今日も今日とて快晴。大きな波ひとつない大海原を、三人は何事もなく歩いている。

大きなイベントと言えば、一日に数十回は出てくる魔物や魔獣を相手することのみ。特に、沖に出れば出るほど、強力で巨大な敵が出てくる。

一日の楽しみと言えば、ウィエルの出してくれるレストランの食事だけ。しかしそれも、昨日すべて食べ終えてしまった。あとはもう、海で獲れる魚しか食べるものがない。新鮮な海の幸を産地直送と言えば聞こえはいいが。

ここまで来ると、ミオンの精神の擦り減り具合が酷い。食事はしっかり摂っているのに、少しやつれたような顔になっていた。

この一週間で発狂すること十二回。その度にウィエルに精神安定の魔法をかけてもらい、ここまで来ることができた。

唯一の救いは、朝焼け、夕焼け、満天の星があること。

その時だけいつもと違う景色で、クロアも心が洗われるようだった。当然ミオンも、この時だけは顔が晴れやかになる。……が。

「……帰りたい」

それでも、この一週間という時間は、ミオンの心を折るには十分だった。

海の上に寝転がり、ぼーっと空を眺める。一週間、海上歩行の魔法を使い続けたおかげか、海上で寝転がるほどの魔力コントロールを得ていた。

十分すごい成長だが、ミオンには毛先ほども喜ぶ元気はないらしい。

「気持ちはわかるが、頑張れ」

「うぅ。つらい、つらすぎます……なんでこんなことに……」

なんでと言われても、修行に楽なものなんてひとつもないのだが。

その言葉をぐっと堪えて、頭を掻く。

「そうしていても、目的地は近付いてこないぞ。立って歩く。今の俺たちにできるのは、それだけだ」

「わかってます。わかってますけど……せめて天候が変われば、気分も変わるはず……でも、なぜかずっと快晴で、ずっと青で……ん？」

と、そこで何かに気付いたのか、ミオンは起き上がると呆然とした顔で空を見上げた。

そこにあるのは、ただただ広く、青い空。よく見れば、遠くの方に魚を狙っている鳥が見える以外、この一週間で見飽きた空だ。

ミオンは生唾を飲み込み、震える口をこじ開けるように、声を絞り出した。

「あ、あの、クロア様、ウィエル様。気のせいでしょうか。なんかずっと晴天なような気がするんですけど……」

「いいじゃないですか。嵐よりずっと気分がいいでしょう？」

「うむ。おかげで順調に来れているぞ」

「それはそうですけど、あまりにも晴れすぎていませんか？　晴れるにしても、一週間も快晴っておかしいような……」

　精神的に疲れているのか、うまく思考できず首を傾げる。

「ミオンちゃんは、今の状況がおかしい……そう言いたいんだな？」

「は、はい。多分……」

　クロアは頷くと、ウィエルの肩に手を添えて微笑んだ。

「ウィエル、もういいんじゃないか？　これ以上もったいぶると、ミオンちゃんがぐれてしまうかもしれないぞ」

「ぐれてしまったミオンちゃんも、それはそれで見てみたい気もしますが……そうですね。ではミオンちゃん、ネタばらしです」

　ウィエルが不意に、人差し指を空に向ける。

　よく見ると、人差し指から空に向かって、微妙な空間の揺れのようなものが伸びていた。見ようによっては、細い糸のようにも見える。少なくとも魔法を使えないクロアには、そのように見えていた。

　だが、魔法を使えるミオンにはもっと別のものが見えているのだろう。愕然と、伸びている見えない糸を見つめている。

「うぃ、ウィエル様、それは……魔法、ですか？」

「はい。この一週間、ずっと同じ魔法を使っていました。天候操作魔法、《ウェザー・ファイン》。この魔法のおかげで、私たちがいるこの区域だけずっと快晴だったのです。因みに、お肌を焼きたい時にうってつけの魔法ですよ」

　可愛くウィンクをするが、お肌を焼くために天候すら操るのは、傲慢がすぎる。

　もちろん言葉にはせず、クロアは黙ってウィエルの説明を聞く。

　ミオンも口を挟まずに聞いていたが、規模の大きさに脳がついてきていないみたいだ。

　それもそうだ。見渡す限り、どこにも雨雲がない。一つ、二つ、小さな雲が浮いているだけ。これほどの広大な範囲に影響を及ぼす魔法は、魔力の消費量も半端ではないだろう。

　しかしウィエルは、涼しい顔で一週間、休まずそれを発動していたのだ。しかも、ミオンに気付かれないよう、必要最小限の魔力消費で。

（俺が言うのもなんだが、魔法に関して言えば化け物としか言いようがないよな……）

　魔法に疎いクロアでも、これだけはわかる。

　この世界で、ウィエルほど魔法の真髄を知る者はいない。

「さて、ネタばらしが済んだところで、この魔法は用済みですね」

　人差し指を振るい、空に向かって放っていた魔法を解除する。

　直後、今まで感じていた風とは、明らかに質が違う風が三人に吹き付けた。

少し湿り気があり、まとわりつくような暑さを感じる。明らかに、今まで感じたことのない風に、不快指数が若干上がった。

「ミオンちゃん。一週間前に旦那様がお話ししていたこと、覚えていますか？」

「い、一週間前ですか？」

「海の旅で危険なものは三つ、というお話です」

ミオンは思い出したのか、「あ」と声を漏らす。

「は、はい。確か、一つは気が狂うほどの青。一つは海洋の巨大な魔物……でしたよね。三つ目は教えてもらっていませんが」

「その通りです。覚えていて偉いですね」

にこにこ笑顔でミオンの頭を撫でるウィエル。ミオンは満更でもなさそうな顔でそれを受け入れるが、すぐに我に返った。

「そ、それで。そのお話が何か……？」

「今から、海の旅で危険なものの三つ目が来る、ということです」

「え……!?　そ、それって、いったい……!?」

ウィエルは笑顔を崩さず、ある方向へ向けて指をさす。

その先には、この一週間で見たことがないほど巨大で、黒く、どんよりとした雨雲が見えた。

「海の旅で怖いもの、三つ目。——大自然です」

「にぎゃあああああああああああああああああああああああ！？！？！？」

唐突に発生した大波に浚われ、海に飲み込まれるミオン。なんとかもがいて海面に出るが、海が荒れていてうまく立ち上がることができない。それどころか、油断すると海の中に引きずり込まれてしまう。

クロアとウィエルはその様子を、手助けせず見つめていた。

「案の定、こうなったか」

「荒れている海では、立つことすら難しいですからね」

ウィエルが天候操作魔法を解除したのが、たった十数分前。それなのに、さっきまでの晴天とは打って変わり、海は大荒れと化していた。

海だけじゃない。空には分厚い雲がかかり、滝のような大雨が上から、横から、そして海面を叩いて下から吹き付ける。

クロアですらバランスを崩しそうになるほどの突風。雨雲を走り抜ける稲妻。そして遠くに見える渦潮。しかしクロアとウィエルは、平然とした顔で海面に立っている。

そんな大自然に、ミオンは必死に立ち向かっていた。

「し、死ぬっ、死ぬ……！　く、クロア様、たすけ……！」

訂正。死にかけていた。

クロアは息を吐き、今にも沈みそうになっているミオンの腕を掴んで引っ張り上げた。

「大丈夫か？」

「げほっ！　げほっ！　だ、大丈夫じゃ、ないです。や、やばいですって、これ。でも、ありがとうございます」

海水を飲みすぎたのか、顔色が悪い。

ウィエルに目配せすると、雨風を防ぐ球体状の防御魔法を展開した。

魔法に防がれ、安定した足場の中、ミオンはへたり込んでしまう。当たり前だが、かなりきつそうだ。

「どうだ。これが三つ目。大自然の脅威ってやつだ」

「舐めていました……本当、死んじゃう。死んじゃいます……」

「だろうな」

兎人族は自然と共存する亜人だ。だがそれは、地面ありきの話だ。慣れていない海の上では、いくら強靭な肉体を持つ亜人と言えど死を実感する。

それはわかっているが、これも修行。何事も経験なのである。

「どうする？　このまま荒れ狂った海に居続けたら、恐らく一週間じゃ辿り着かない。下手をすれば、一ヶ月はこの中を歩くことになるぞ」

「いっかげつ……」

想像してしまったのか、ミオンの顔色が今までで一番青白くなった。

クロアとしても、この中を一ヶ月歩き続けるのは、無理ではないが困難だ。ウィエルもしんどいだろうが、できないことはない。

　問題は、ミオンである。

　この中で魔力コントロールが身に付けば、恐らくどんなに危険な場所でも、魔力コントロールを乱さずにいられるだろう。

　待つこと数分。気持ちを落ち着かせたミオンは、再び防御魔法の外を見た。

「……無理です。今の私には、無理です……」

「……わかった。ウィエル、頼む」

「はい」

　ウィエルが人差し指を空に向けると、一筋の光りが空へ向かっていった。

　上空に伸びた光りの糸が雲に接する。直後、雲に穴が開き、広がるようにして雲が霧散していく。

　雨、風、雷、波が止まり、数分もしないうちに元の晴天に戻った。

「ミオンちゃん、気を落とすことはありませんよ。誰でも最初はああなりますから」

「で、でも……せっかくお二人が鍛えてくれたのに、期待に応えられなくて……」

「大丈夫です。私なんて、最初に嵐の海に出た時は吐きましたから」

「俺も、三日寝込んだ」

　当時は十五歳だったとは言え、若く、いろいろな無茶をしてきた。が、あれを超える無茶は数えるほどしかない。

　最初はトラウマで、二度と嵐の海になんて行かないと思っていたが、人というのは慣れるもの。

いつの間にか、あんなに荒れている海でも難なく歩けるようになっていた。

　要は慣れと訓練しかないのだ。

「むしろ、あれだけ波に揉まれてももう回復しているのは、すごいことだぞ」

「……本当ですか？」

「ああ。俺が保証する。亜人の体質かもしれないが、ミオンちゃんの回復力は俺やウィエルよりはるかに高い」

　当然と言ってはなんだが、当時のクロアたちからして、という前提になるが。

　しかし、このまま成長すれば、もしかしたらクロアと張り合えるだけの身体能力と、ウィエル並みの魔力コントロールを身に付けることができるかもしれない。

　修行の密度と本人のやる気によるが、これは嘘偽りのない本音だ。

「ミオンちゃんが本格的に修行を始めて、まだ数ヶ月。焦ることはない。ゆっくり進んでいけばいいさ」

　クロアがミオンの頭を撫でると、耳がぺたんと垂れ、恥ずかしそうに無言で頷いた。

「波に揉まれて、疲れたろう。今日はここで休んで、また明日から出発を……」

「い、いえ、大丈夫です！　波も収まっていますし、もう平気ですので！」

「いや、しかし……」

「ほ、本当に大丈夫ですからっ。……私のわがままで天候を戻してもらったのに、さらに休みまで貰ってしまうと……」

それ以上言葉にしなかったが、ミオンなりに申し訳なさを感じているみたいだ。

気にする必要はない。と言ったところで、ミオンは気にしてしまうのだろう。

クロアはウィエルを見ると、にこりと微笑んでミオンの肩に手を置く。次の瞬間、ミオンの体が淡い光りに包まれ、頬の血色が戻った。ついでに濡れた髪や服まで乾き、ふわふわの状態に戻る。

「では、もう少しだけ進みましょう。でも、あまり無理をしてはいけませんからね？　急がず、ゆっくりですよ」

「は、はいっ……！」

ミオンなりに迷惑をかけたと思っているのか、気持ちを持ち直したミオンは、自分の頬を張って気合を入れ直す。

その様子を見てクロアは微笑みを浮かべ、再び歩みを進めた。

◆

「ふむ……この辺だな」

あれからさらに一週間。ウィエルの魔法のおかげで天候は崩れるわけもなく、ずっと晴天の中を歩き続けてきた。

当然ミオンはきつそうにしていたが、荒れていた海よりはマシというメンタルになっているらしく、泣き言一つ漏らさずここまでやってきた。

　ミオンは辺りを見渡すと、眉をひそめて首を傾げた。

「あの、クロア様。何も変わっていないんですけど……本当にここなんですか？」

「ああ。ここから海底千メートルまで潜る。そこが、海底の国だ」

「目印とかないんですが……」

「俺の方向感覚と距離感は絶対だ」

「……つまり、直感だと？」

「その通り」

　と言っても、こればかりは感覚としか言いようがない。冒険者として長年旅を続けてきて培った、この場所で間違いない、という直感だ。

　ミオンは信じられないのか、微妙な顔をしている。

「大丈夫ですよ、ミオンちゃん。旦那様の直感は、驚くほど正確なので」

「……そう、ですよね。ウィエル様はともかく、クロア様の野生の直感は、亜人顔負けですので……はい、信じます」

「そうそう、私はともかく……む～……！」

「むいぃ～」

　頬を膨らませたウィエルが、ミオンの頬を両方から引っ張ってこねくり回す。

　ミオンも満更でもないみたいだ。多分、わざとウィエルをからかったのだろう。

可愛らしい光景だ。最近、二人の距離が縮まっているみたいで、クロアとしても喜ばしい限りであるが……。

「ウィエル、やめなさい」

「ダメです。いじわるを言ったミオンちゃんが悪いんです」

「事実を受け入れるのも大人の務めだろう」

「!?」

クロアの遠慮のない一言が胸を貫いたらしく、ウィエルは打ちひしがれたように三角座りをしてしまった。

「ま、まあ、その通りですね。ええ、その通りですとも。私は大人なので、寛大な心で許します。お、と、な、ですので……!」

「だな。それで、大人なウィエルさん。そろそろ潜るから、ミオンちゃんに魔法をかけてやってくれ」

「軽くあしらわれた……!?　うぅ、わかりましたよ……」

涙目のウィエルが指を振るうと、ミオンの体を水色のオーラが包み込んだ。

それだけじゃない。水色のオーラの外側に、白色のオーラが揺らぐ。魔法を二つ発動した証だ。

「ウィエル様、この魔法はなんですか?」

「水色の方は、水中呼吸の魔法。これで水の中でも、呼吸することができます。白色の方は、防御魔法です。水圧から身を守らないと、簡単にぺちゃんこになってしまいますから。水圧に耐えられるだけの防御魔法は、ミオンちゃんにはまだ難しいので」

説明しながら、ウィエルは自分にも魔法をかける。が、クロアには何もかけられていない。生身のままだ。

「俺はいらないぞ。鍛え方が違うからな」

ミオンが疑問を口にする前に、クロアが答える。

「鍛え方が違うだけで、千メートルも魔法なしで潜れるものなんですか……？」

「ミオンちゃん。旦那様は規格外だということをお忘れなく」

「まあクロア様ですからね」

妙に失礼な感じで納得された気がする。

クロアは首を横に振ると、一足早く水上歩行をやめて海中に入っていった。

「俺が先導する。ウィエル、ミオンちゃん。しっかり付いてきてくれ。特にウィエル」

「なぜ私だけ念を押すのか、あとでじっくり聞きたいところですが……わかりました。ミオンちゃん、準備はいいですね？」

「は、はいっ」

二人も魔力を解除すると、クロアに続いて海の中に入った。

クロアは思いっきり息を吸い、息を止めると同時に潜っていった。

それを追いウィエル、ミオンの順で潜り、光の届かない深海へ向けて泳いでいく。

最初の十数メートルはまだ明るかったが、潜っていくにつれて暗くなってくる。ウィエルが光魔法を発動し、行き先を照らしてくれた。

　水が冷たく、体を押し潰してくるような感覚がする。懐かしい感覚に、クロアはつい微笑んだ。

「ミオンちゃん、怖いですか？」

「だ、大丈夫、だと思います。まだ……」

「ふふ。なかなかない機会ですから、こういうのは楽しんだもの勝ちですよ。これは修行ではなく、冒険ですので」

「冒険……そ、そうですね。えへへ、冒険……！」

　後ろから、ウィエルとミオンの楽し気な会話が聞こえて来た。水中呼吸の魔法を使っていると、水中でも会話ができるらしい。

　あれがどうの、これがどうのと話しているが、辺りが暗くなってくると口数が減り、闇夜より暗い漆黒に包まれると、二人は言葉を発しなくなった。

　魔物や魔獣の気配はない。ただただ、暗く、重い闇が広がっているだけ。

　ウィエルの光魔法も、自分たちがいる場所を照らすだけで、他の何も見えない。

　いつまでも続きそうな闇に、クロアでさえ感覚が鈍ってくるのを感じる。慣れていないミオンは、どう感じているのだろうか。

「ず、随分と長く感じますね……あとどれだけあるんでしょうか？」

「今、深海三百メートルを超えたあたりですね。まだ三分の一です」

「三分の一……もっと潜っている感じがします」

「暗闇は感覚を鈍らせますから。気をしっかり保ってください。あと、目の前のものだけに集中しないように」

「目の前？　それって……ッ！」

ミオンが警戒した様子である方を向く。

すでに気付いていたクロアも、同じ方向を見て闘志《ギア》を上げた。

暗い、暗い闇。その中に、一筋の赤い光りが等間隔に並んでいる。

等間隔に並んだ赤い光りが、不規則な動きを見せながらクロアたちに向かって迫ってくる。

「ま、魔物ですか⁉」

「いえ、あれは海の魔獣、アビス・オルカですね。深海に生息するシャチ型の魔獣です。獰猛で、動くものすべてを餌だと認識し、食い散らかす。当然私たちのことも、餌だと思っているのでしょう」

「そんな呑気に解説しないでください！」

ミオンが慌てて魔力を練っている。

クロアが手を上げて首を横に動かすと、ミオンはゆっくりと魔力を霧散させ、ウィエルの背に隠れた。

「あなた、お願いします」

ウィエルに頼まれ、クロアはサムズアップする。任せろ、と言うように。

アビス・オルカ。地上ではまず見ない魔獣の上に、海の中だから戦闘方法も限られている。並の戦士なら、肉弾戦で勝つことはまず不可能だ。魔法使いであっても、海中での修行をかなり積まなければならない。

だが、クロアは並みではない。

拳を握り、向かってくるアビス・オルカを睨みつける。

熱からか、闘気からか。クロアの全身から目に見えない圧のようなものが迸り、それがクロアの拳へ集中する。

だが、アビス・オルカは止まらない。魔獣は本能で動く。どれだけクロアが尋常ではない圧を放っていようと、獣であるアビス・オルカには関係ない。ただ餌を求めて敵へ迫る。

クロアは拳を脇に構えて、しならせるように体を捩る。

鍛え抜かれた筋繊維や、極太の血管が皮膚に浮かび上がる。

残り、二十メートル。

真っ直ぐ突っ込んでくるアビス・オルカに狙いを定め、引き絞られた弓矢を放つように——

「フッ——‼」

——拳を突き出した。

捻りをかけて突き出された拳から、超速回転した渦が生成。意思を持つ海の大蛇のように、アビス・オルカへ放たれた。

鋭利に尖った渦はアビス・オルカの分厚い皮膚を突き破り、体の中を縦横無尽に駆け巡る。

肉を、内臓を、骨を貫き、抉り、砕き。最後には尻尾の先から突き抜け、深海を真紅に染め上げた。

「え……今のって魔法ですか……？」

「ただの身体能力ですよ。旦那様にかかれば、海水そのものが武器に変わります」

「最近、クロア様が魔物なんじゃないかと思えてきました」

「怪物という意味では、間違いではありませんよ」

また失礼なことを言われた気がする。だがこれ以上留まっていると、アビス・オルカの血を辿って別の魔物や魔獣が現れるかもしれない。

クロアは二人にハンドサインを送り、再び深海に向かって潜っていった。

潜り始めて二十分。場所は深海七百メートル。

水圧の関係と、度重なる魔物や魔獣の襲撃でゆっくりしか進めないが、それでも着実に目的の場所に向けて進んでいる。

振り返ると、ウィエルとミオンもしっかりついてきている。でもミオンは、暗闇の中から襲い掛かってくる敵の数にかなり疲弊していた。この二週間で受けた精神的疲労の数倍ものストレスが掛かっているみたいだ。

「現在、深海八百メートル。あと二百メートルです。……あっ」

ウィエルが何かに気付いたのか、息を漏らすかのような声を発した。

クロアもう見えている。それに続き、ミオンも嬉しそうな声を出した。

「く、クロア様、ウィエル様！　光り、光りが……！」

「見えてきましたね。さあ、もう少しですよ」

三人の泳ぐスピードが、心なしか上がる。

特にクロアは二段階くらいスピードを上げた。いくら訓練しているとはいえ、かなり苦しい。早く国に着きたい。

そう思っていた、その時。

（む――？）

不意にクロアの気配探知に、妙なものが引っ掛かった。

異様に巨大な気配だ。ここ最近感じて来た気配の中で、とびきりの危険度。クロアでさえ、思わず身構えてしまうほどの。

だが正確な場所を感じられない。気配と海が一体化しているような、不思議な感じだ。

暗闇に紛れて姿もなし。それに、気配も遠ざかっていく。

向こうはクロアたちに気付いていないようだ。それとも、気付いた上で逃げていったのか、はたまた無視したのか。

「あなた、どうしました？」

「な、何かいるんですか……？」

ウィエルとミオンは何も感じられなかったのか、クロアと同じ方向を見て首を傾げる。

ミオンの気配探知も、ウィエルの探知魔法も超が付くほどの一級品だ。それなのに、あの気配を感じ取れていないらしい。

クロアの気のせいなのか、別の理由なのか……わからないが、クロアは手を振って下を指さし、さらに潜っていく。

念のために気配探知を忘れずに潜っていくこと数分。この辺には魔物も魔獣もいないからか、すんなりと潜って来られた。

そしてついに、光源の正体がよく見える位置まで潜ると、ミオンが目を見開く。

「わぁ～……！　な、なんですか、これ……!?」

海底を埋め尽くすほど巨大な国。それを包み込む、同じく巨大な泡の膜。

その中には、七色に光るサンゴや白い岩をくりぬいて作られた建物が乱立している。

中央には一際大きな城のような建物があり、天辺にはクロアよりも巨大な宝石が、光を反射していた。

遠くからでも、魚人族が楽しそうにしているのが見える。海の中とは思えない熱狂に、ミオンは泳ぐのを忘れて、ただただ魅入っていた。

クロアとウィエルは約二十年ぶり。ミオンにとっては初めての景色だ。

「どうですか、ミオンちゃん？　ここが海底の国ディプシー。現在世界では認知されていない国で、魚人族の住む王国ですよ」

「す、すごい……こんなに綺麗だなんて、思いませんでした。正直、海底と呼ばれるくらいですから、もっと暗くて陰気な場所なのかと……」

「本当、世界にこんな場所があるなんて、不思議ですよね。……おや、早速お出迎えがいらっしゃいましたよ」

「お出迎え？」

ウィエルが指をさす方を見ると、高速で泳いでくる二体の影があった。

人型だが、完全な人ではない。皮膚にはところどころ鱗《うろこ》があり、首元にはエラがついている。さらに頭や背中、腕にはひれのようなものも。

世界でも希少種中の希少種と呼ばれる亜人、魚人族だ。

二人の魚人族はフルアーマーの鎧を着ていて、手には二叉の金属槍を持っている。でも敵意は感じられない。むしろ、要人を待たせてはいけないという焦りさえ感じる。

魚人族はクロアたちから少し離れた場所に止まり、水中にもかかわらず跪いて頭を下げた。まるで、主人に仕える騎士のようだ。

「クロア様、ウィエル様、お弟子様。ようこそ、海底の国ディプシーへ。国王陛下も、国民も、みなあなた様たちをお待ちしておりました」

「待っていた……というのは、やはり国王陛下が？」

「はい。国王様は水域でのことならなんでもお見通しです。今か今かと、首を長くしてお待ちしていましたよ。それに、姫様も」

姫様という言葉に、思わず苦笑いがこぼれる。そう言えばそうだった。彼女のことをすっかり忘れていた。

ウィエルも彼女を思い出したのか、顔を引きつらせている。ウィエルにとっては天敵というか、あまり顔を合わせたくない相手だからな。

当時のことを思い出してしまい、そっと息を吐いた。

「こちらへ。王城へご案内します」

魚人族の騎士たちに続いて、三人はディプシーの正門へ向かう。

巨大な円形状の門には、王家の紋章である王冠とトライデントが刻まれている。

正門は特殊な構造になっていて、海水が国の中へ入らないような構造になっている。そのせいで手間はかかるが、それが却って防護壁のような役目も果たしていた。

機械音と歯車が擦れる音が響き、ゆっくり門が開いていく。

門を潜ると、ようやく呼吸をすることができた。ずっと止めていた息を吐き、新鮮な空気を肺に取り入れる。さすがに息を止めて、素潜り千メートルは体に堪える。

二週間ぶりの大地に足をつくと、なんだか不思議な感覚になった。揺れていないのに、揺れているような感覚。しかしそれも、すぐに元の間隔に戻った。

海底とは思えない新鮮な空気を取り入れ、体に循環させる。

昔聞いたが、どうやらここのサンゴには酸素を吐き出す種類がいるらしい。そのおかげで、こうして人間でも息ができる。そうでないと、今頃窒息死だ。

振り返ると、ウィエルたちもクロアと同じ感覚を味わっているのか、足取りがおぼつかない。

特にミオンには慣れない感覚みたいで、顔色まで青くなっていた。

「うっぷ、気持ち悪いです……」

「よしよし。まあまあ、落ち着いて」

　ウィエルが回復魔法を使っている。あっちは大丈夫そうだ。

「さあ、皆様。馬車へお乗りください」

　魚人族の用意してくれた、シーホースの牽く馬車に乗り込む。要人専用の馬車らしく、かなり豪勢な内装だ。広いし脚も伸ばせる。ふかふかのソファーなんて、二週間ぶりだ。

　ウィエルの魔法でようやくミオンも落ち着けたのか、ほとんど寝転がるような姿勢でソファーに腰を掛けた。

「はぁ～～～……ソファーは偉大です……」

「気持ちはわかるが、ちゃんと座りなさい。お行儀が悪いぞ」

「もうちょっと～……」

　相当疲れているらしく、今にもスライムのようにとろけ切ってしまいそうだ。車内にはクロアたちしかいないし、少しくらいだらけてもいいだろう。

　ミオンから視線を逸らして、窓の外を見る。

　二十年ぶりのディプシーだが、街の景色はかなり変わっていた。

　昔はもっと淀んだような印象だったが、今はどこを見ても綺麗な街並みで、多種多様な魚人族もかなりの賑わいを見せている。

　しかもほとんどが、クロアたちの乗る馬車を見て拍手を送ったり、手を振ったりしている。歓迎されているみたいだ。

　魚人族の寿命は長い。ここにいるほとんどの魚人族は、クロアたちのことをしっかりと覚えているのだろう。

　それもそうか。ここに来られる人間は数少ない。というか、片手で数えられるくらいしかいない。人間のお客は、それほど希少なのだ。忘れろと言う方が難しい。

　大通りの脇を埋め尽くす人だかりを横目に走ること数十分。大通りを抜けた先には城へと続く広場があり、開け放たれていた城門へと入っていく。

　馬車が止まると、先にウィエルとミオンを降ろし、最後にクロアが馬車を降りた。

　ここは変わらないな。とんでもなく、巨大な城壁と門だ。地上で見たどの国の門より巨大で、分厚く、頑強だろう。

　回復したミオンもその門を見上げ、その巨大さに圧倒されていた。

「でっか……な、なんでこんな大きい門が……」

「門だけではありませんよ。ほら、お城も」

「……うわっ。えぇ……？」

　首を直角に曲げても天辺が見えない。辛うじて、天辺についていた宝石が光りを乱反射しているところが見えるくらいだ。

　横幅も、縦も。それだけじゃない。扉も窓ガラスも、何もかもが巨大だ。

　ここまで連れてきてくれた兵士が、二人がかりで城の正面の巨大な扉を開く。

中では執事服とメイド服を着た魚人が二列に並び、クロアたちを出迎えるように深々と頭を下げていた。

城内も煌びやかなサンゴや貝殻、それに地上では使われていない海の鉱石をふんだんに使った、豪華絢爛な作りになっている。

が、それ以上に気品溢れるオーラをまとっている三人が、そこにいた。

一人はクロア以上の巨躯で、筋骨隆々の大男。波打つように逆立つ水色の髪と、黄金色の瞳が特徴的。

上半身は裸。下半身はゆったりした白いズボン。腰には淡い水色の布を巻き付け、黄金色の三叉槍《トライデント》を握っている。

大男はクロアを見ると、諸手を上げて近付いてきた。

「おおっ、クロア！　我が心友よ、よく来てくれた！」

「陛下、お久しぶりです」

「はは、陛下はよせ！　ネプチューンと呼べばいいさ！　敬語も不要だぞ。何せ、クロアと我の仲だからな！」

大男――ネプチューンはクロアの前にひざまずき（それでもネプチューンの方がでかい）、クロアと抱き合った。

二十年前と変わらない姿をしている。自分は当時と比べて随分と歳を重ねた。その分、死線も多く潜り抜けてきたが。

その経験と直感が言っている。当時出会った時より、ネプチューンもだいぶ腕を上げたようだ。

「ならば、そうさせてもらおう。迎え入れてくれて感謝する。ありがとう、ネプチューン」

「なに、構わん！」

ネプチューンと肩を叩き合うと、今度はネプチューンの傍にいた女性が近付いてきた。

彼よりは小さいが、それでもクロアが見上げるほど大きい。

背中まで長い、水色のロングヘアーを先端で結んでまとめていて、瞳はネプチューンと同じ黄金色。

貝殻で胸や局部は隠し、シースルーのスカートを穿いている。

ひたいには巻き付けるように黄金の輪を着け、手首や足首にも派手になりすぎない程度の装飾品を身に着けていた。

「クロアさん、ウィエルさん、お久しぶりですね。少し見ない間に、随分と精悍な顔つきになられて。どうぞ私のことも、サエラとお呼びください」

「それじゃあ……サエラも、久しいな」

「お久しぶりです、サエラさん」

二人がサエラと握手を交わす。

と、最後に女性がクロアたちに近付いてきた。

「クロアーーーーー‼　余と遊べーーーーー‼」

いや、正確にはクロアに向かって突進してきた。

ネプチューンよりは小さく、サエラよりは巨大な体格。そしてサエラと同じく露出の多い服装で、躊躇なく抱き着こうとしてくる。

当然、それを見逃すウィエルではない。

クロアの前に防御魔法を展開すると、女性は勢い余って顔面からぶつかり、声も発さず床に倒れ伏した。

一連の流れを見ていたネプチューンは、呆れたように息を吐いた。

「……我が娘よ。お前は本当に学ばないな」

「そ、そんな目で見ないでください、父上……」

トーラスは、鼻血を垂らして立ち上がる。

王族の姫がしていい姿ではない。もっと恥じらいを持ってもらわないと、結婚できないぞ。

背が伸びただけで昔とまったく変わらない姿と言動に、クロアは苦笑いを浮かべた。

「トーラス、大きくなったな。前に会った時はウィエルより小さかったのに」

「当然だ、余は大人のれでぃだからな！　もうすっごいのだ！」

自分の体を見せつけるように、あれこれポーズを取る。実の親の前で、よくそんな煽情的なポーズが取れるものだ。ネプチューンもサエラも、呆れた顔をしている。

ウィエルに睨まれ、クロアは顔を逸らす。見てない、見てないというジェスチャーを送って。

すると、今まで固まっていたミオンが、クロアの服を引っ張った。

「く、く、クロア様っ。あの、その……！　ね、ネプチューン、てっ、あああああああのネプチユーン様、ですか……⁉」

「あのというのがどれをさすのかわからないが、彼が正真正銘、海神ネプチューンだ」

「うむ、我ぞ」

ネプチューンがドヤ顔でピースをする。

こんな感じだが、ネプチューンはこの世の海……いや、海だけではない。池、湖、川など、すべての水を司る、水の絶対的支配者だ。

おとぎ話でも度々語られるし、ミオンもそれで知っているのだろう。唖然とした顔で、ネプチューンを見上げていた。

「がははは！　なんとまあ、地上の娘も我のことを知っているのか。存外、気分がいいものであるな！」

「そ、それはそうですよ！　おとぎ話好きなら、ネプチューン様のお話は絶対読んでいますから……！」

ミオンの鼻息は荒く、頬を染めて興奮している。まるで憧れのスターに会ってしまったかのようなリアクションだ。

けど緊張からか、ずっとクロアの後ろに隠れている。

クロアはミオンを前に押し出すと、肩に手を置いて三人の前に立たせた。

「ネプチューン、サエラ、トーラス。彼女が俺の今の弟子、ミオンだ。修行し始めたばかりでまだまだひよっこだが、どうか仲良くしてやってくれ」

「み、みみみみみみみミオン、でしゅ……！」

緊張しすぎていて呂律が回っていない。

けどネプチューンたちは気にしておらず、優しい笑みを浮かべてミオンへ手を差し伸べた。

「よろしく頼むぞ、ミオンちゃん。緊張することはないからな。クロアの弟子ということは、クロアの家族。クロアの家族ということは、我らの家族も同然だ。この城のものは、自由に使って構わんからな」

「あああああありがとうっ、ございます……！」

ミオンはネプチューンとサエラと握手を交わす。が、トーラスだけはむすーっとした顔をしていて握手をしようとしない。

「ぐぬぬ……貴様、ミオンとか言ったか」

「は、はい。ミオンです……」

「クロアの弟子なのか」

「そ、そうです。正確には、ウィエル様からも魔法の手ほどきを受けていますが……あの、何か……？」

ジト目で睨まれ縮こまってしまったミオンが、クロアに助けを求めるような目を向けてくる。なぜトーラスにここまで目を付けられているのかわからない、と言いたげだ。

「ぐうううぅ～……！　ずっこい！　ずっこいぞ！　ずるいずるいずるい！」

突然、トーラスが地団駄を踏み始めた。

この巨体から繰り出される地団駄だ。床にはひびが入り、まるで地震のような揺れが発生する。震度で言えば五くらいだろうか。

しかし、この程度の揺れでバランスを崩すようなものはここにはいない。ミオンも、荒れた海の揺れを経験しているから、平気そうな顔で立っている。

でも、地団駄と地震のせいで、床に亀裂が入った。さすがにまずいと思ったのか、ネプチューンがトーラスを止める。

ミオンは突然のことで困惑しているのか、不安そうな顔でウィエルの腕に抱き着き、首を傾げた。

「あの、トーラスさんは何を……？」

「あぁ……以前ここに訪れた時から、彼女は旦那様の大ファンでして。当時も、ずっと旅について行きたいと駄々をこねていたんですよ。もう二十年も経つから、収まったと思っていたんですが……むしろパワフルになっていますね」

地団駄だけじゃなく、ついに子供のように地面に寝そべって駄々をこね始めた。

昔のアルカを見ているみたいで、ちょっと微笑ましいが……ここまで来ると、ある意味で災害じみている。ネプチューンの娘だけあり、とんでもないパワーだ。

さすがにこれ以上暴れると、城が崩れかねない。

ネプチューンに続いてクロアが暴れるトーラスを止めようとすると、ここは任せて、とでも言うように、サエラが前に出てクロアに微笑んだ。

クロアは無言で頷き、被害が出ないようウィエルとミオンを連れて少し離れる。

「トーラス、落ち着きなさい」

「やだ！　二十年も我慢したのだ！　余はクロアと一緒に旅に出――」


「殴りますよ」

「ごめんなさい」


　一瞬で収まった。国や種族は違えど、母は強しということなのだろう。トーラスは正座をして、顔を青くし萎縮していた。

「まったくもう……大人の女性を名乗るくらいなら、しっかり女性らしくふるまいなさい。王族として恥ずかしいですよ」

「むぐ……わ、わかった。れでぃらしくする」

　サエラの一言で、もう大人しくなった。昔からサエラは厳しい人だったからな。

　昔と変わらない旧友を見ていると、困ったように頬に手を当てて微笑んだ。

「ごめんなさいね、クロアさん。うちの娘がわがままを言ってしまって」

「大丈夫だ。子供はわがままなくらいが可愛い」

　アルカも小さい頃は、かなりわがままだったのを思い出す。今でこそ生意気になったが、それでも可愛いと思うのが親というものなのだ。

サエラとトーラスのやり取りにほっこりしていると、ミオンが二人を交互に見た。

「サエラさんって、なんだか大きいウィエル様を見ている気分です」

「やですね、ミオンちゃん。私はあんなに怖くないですよ」

「え？」

「え？」

後ろ二人のやり取りはスルーすることに。

「諸君、そこまでだ。まずは客人を歓迎しようではないかっ。食事の準備はできている。さあ、食堂へ向かうぞ！」

ネプチューンが先導し、城の中を歩いていく。

廊下には地上ではお目にかかれない、ディプシーでのみ発展していった芸術作品の数々が飾られている。

それだけではなく、煌びやかな装飾品。見たことのない武器や装備も飾られている。前に来た時はもっと簡素なものだったが、この二十年間でだいぶ進歩しているみたいだ。

「すごいな、昔はもっと薄暗い感じがしたんだが」

「うむ。クロアたちが来てから、地上の文化にも触れようと思ってな。よい文化を取り入れ、ここ二十年でだいぶ発展したぞ。そのおかげで我も地上には詳しくなった。クロアの息子殿が、勇者ということも知っているぞ」

これにはクロアも驚いた。そういった世間の情報まで仕入れているのか。

昔は海底の国ディプシーこそが至高で、この国が世界の中心だと信じていたネプチューンが、ここまで変わるとは。

「積もる話は食事をしながらだ。食事の準備はできている。さあ、今宵は存分に語り明かそうではないか！」

「があああああっ……ぐおおおおお……ぐがあああああ～……むにゃ」

「まったく、この人は……」

サエラが呆れた顔で、寝落ちしたネプチューンを見る。ネプチューンとウィエルが飲み比べをした結果、こうなってしまった。

場所は、ネプチューンに合わせて作られた、巨大な食堂。

近くにはかなりの量の酒樽が転がっている。相当酔っているみたいで、顔だけじゃなく首や胸まで真っ赤になっていた。

しかしウィエルは、頬をほんのり染めているだけでケロっとしている。ウィエルの酒の強さは知っていたが、まさかネプチューンより飲めるとは思わなかった。

「クロアさん、この人を許してね。あなたたちが来て、本当に嬉しかったみたいで」

「気にしていないぞ。俺も、久方ぶりにネプチューンと話せて楽しかった」

まあ、ほとんどはウィエルと飲み比べていたが。

「ふふふ～。私の勝ちで～す。あなた、ほめて～」

「はいはい。すごいすごい」

「んあ〜。ほめ方が雑ですよぅ」

ウィエルがクロアの頬を指でぐりぐりする。今日のウィエルは甘え上戸で、ダル絡み酔いらしい。

ぐりぐりしてくるウィエルは無視して、ミオンとトーラスの方を見る。あっちもあっちで飲み比べをしているが、なかなかいい勝負だ。というか、ミオンも結構いける口らしい。

「ぐぬぬ。ち、ちんちくりんのくしぇに、余と張り合うとは……！」

「ふふん。ひっく。ちんちくりん舐めないでくりゃしゃいよ、おっぱいせーじん……！」

でも酔いはかなり回っているみたいで、呂律が怪しい。二人とも、油断すると今にもぶっ倒れそうだ。

これも経験だ。クロアは二人から目を逸らし、まだ残っている食事に手をつけると、サエラが「ところで」と口を開いた。

「以前はレミィさんとご一緒だったような……いらっしゃらないのですか？」

「ん？　ああ、あいつは俺らから学ぶものはすべて学んだから、免許皆伝にしてな。自由行動させていて、今どうしているかはわからん。ただまあ、あの血の気の多い馬鹿のことだ。多分、魔王軍相手に遊んでいると思う」

「それはすごい。あなたに認められるということは、相当な腕前なのですね」

「まあ、この世界で今のあいつに勝てるのは、数えるくらいしかいないだろう」

懐かしい名前を聞き、クロアはそっと微笑む。

今頃、どこで何をしているのやら。元気なことは間違いない。あいつがそう簡単にくたばることはないから。

二人の会話が聞こえたのか、ミオンが頭をふらふらさせてクロアに視線をやった。

「れみぃ～？　だれですかぁ、それは～？」

「俺たちの一番弟子。ミオンちゃんの姉弟子にあたる奴だ」

「あねでし……え、いたんですか？」

驚いたのか、ミオンは目を見開いて困惑する。

「教えていなかったか？」

「は、初耳でしゅ」

「そうか。まあ、いつか会わせてやろう。あいつも妹弟子ができたって聞いたら、喜ぶだろうからな」

喜ぶというより、戦いたがるだろうけど。そのことはミオンには言わないでおこう。言わない方が面白いことになりそうだ。

「免許皆伝……ということは、めちゃめちゃ強いんでしゅよね……？」

「強いぞ。俺が保証する」

当時でさえ強かった。今はもっと強くなっているかもしれない。

こうして旅を続けていれば、いつかは再会できるだろう。それまではのんびり旅を続ければいいさ。

残りの食事を粗方平らげ、深く息を吐く。

身も心も満たされていると、ネプチューンとぶっ倒れたトーラスの看病をしていたサエラが、クロアたちの方を振り向いた。

「皆さん、客室を用意しています。今日はもうゆっくりと休んでください。海の上を歩いてきたのでしょう?」

「やはりばれていたか。では、お言葉に甘えさせてもらう」

「サエラさん、ありがとうございます」

酔いすぎてグロッキーになっているミオンを担ぎ、意識はしっかりしているウィエルを伴って、メイドの案内で客室に向かう。

客室は二部屋。クロア、ウィエルの夫婦と、独り身ミオンでわかれることに。

しかし当然だが、ミオンは今かなり酔っている状態だ。一人にさせるのは危ないということで、しばらくクロアたちの部屋で休ませることにした。

「まったく、この子は。師匠の手を煩《わずら》わせるなんて、あとでお灸をすえましょうか」

「そこまでしなくていいだろう。久しぶりに羽を伸ばせるんだ。ここにいる時くらい、ゆっくりさせてやろう」

「……そうですね。私もずっと海の上で、体が強張っちゃって……」

ウィエルはぐぐーっと伸びをし、ソファーでくつろぐクロアの上に座った。

対面で座っているから、ウィエルの顔がいつもより近い。ウィエル特有の、クロアの雄を刺激してくるフェロモンと酒の匂いに、クロアはつい顔を逸らしてしまった。

「あなた、私を見てくださいよ」

「い、いや、しかしだな……」

「恥ずかしいんですか？　もう何年も一緒にいるのに」

「どれだけ一緒にいても、愛する人が近くにいたら緊張する」

「どれくらい愛してます？」

「並ぶ者なし、ということで」

「むふー」

　クロアの言葉に満足したのか、ウィエルは満面の笑みでクロアに抱き着く。まるで子供のような甘え方だ。

「と、隣に座ればいいだろう」

「いいじゃないですか。たまには甘えさせてくださいよ。ミオンちゃん、かなり酔っていて、起きないでしょうし」

「……ま、こういう日があってもいいか」

　ウィエルの体に腕を回し、互いの体温を感じる。

　こうやって抱きしめ合うのも、久しぶりな気がする。ミオンが旅に加わってからは、こうやって抱き合うことも少なくなった。

ウィエルには少し寂しい思いをさせてしまったのだろうか。抱きしめ合うだけではなく、ウィエルは自分の匂いを擦り付けるように体をもぞもぞさせてくる。

当然そうなれば、いろいろとウィエルの体の艶めかしさも感じるもので……。

「うぃ、ウィエル。これはさすがにまずい……！」

「…………」

「……ウィエル？」

「……しゅぴぃ～……」

（寝た⁉）

がっしり抱き着いたまま、ウィエルは寝落ちしてしまった。まったく離れようとしない。安心しきった子供のような寝顔だ。

寝落ち自体はいい。いいのだが……なんだか生殺しにされている気分だ。わざわざ起こすのもあれだし。

クロアは悶々とした気持ちを抑えるように深くため息をつき、とりあえずウィエルの頭を撫でる。

◆

起こさないように。深く、安眠できるように。

一時間もすると、ようやくウィエルから力が抜けた。

熟睡中のウィエルを抱きかかえ、ミオンと同じベッドに寝かせる。

当たり前だが、二人の疲労は相当なものみたいだ。この二週間、ずっと海上だったから、無理もない。

実を言うと、クロアもかなり疲れていた。二人は魔法で浮いていたが、クロアに至ってはただの身体能力だけで歩いていたのだ。疲れていない方がおかしい。

だが、二人に格好悪いところは見せられないという男のプライドで、今まで泣き言は言わなかったのだ。

酔いつぶれている二人を起こさないよう、バルコニーに出て、椅子に腰をかける。

ここは地上五階のはずだが、一階一階がネプチューンたちに合わせて巨大のため、クロアから見たら地上十階以上の高さに見える。

椅子に腰かけて、城下を見下ろす。ディプシー内ではすでに夜だからか、街の灯りのほとんどは消えていて、さっきまで聞こえていた喧噪も鳴りを潜めていた。

深海だから風もなければ、波の音も聞こえない。久しぶりの無音に、ゆったりした気持ちになれた。

目を閉じ、無音の音の心地よさに身を委ねる。

と、その時。下の方からバルコニーに向けて、一つの気配が近付いてきた。

この気配は、ネプチューンのものだ。

姿を現したネプチューンの足元には、空飛ぶ謎の円盤がある。どうやら、水を円盤状にして操っているらしい。

ネプチューンはその巨体を軽やかに動かし、バルコニーへ降り立った。

「クロア、よいか？」

「ああ、もちろんだ」

あれだけ酔っていたのに、もう回復したらしい。顔色も悪くないどころか、赤みも帯びていない。完全に素面だ。

ネプチューンは手の平から海水を発生させると、玉座のような形にして、腰を下ろした。さすが海神。水を操ることにかけては、この世で右に出る者はいないだろう。

椅子に腰かけたネプチューンとともに、ディプシーの街を眺める。

横目でネプチューンを見るが、特に変化はない。ただ無言で、街を見下ろしている。

何か用があるはずだが、いったいどうしたんだろうか。

疑問に思ったが、先を急かすようなことはしない。もし重要なことならネプチューン自ら話すだろうし、そうでなくとも、自分から急かすのは野暮というものだ。

それに男二人、無言で夜景を眺めるというのも乙なものだ。

不思議と、気まずさは感じない。ゆったりとした時間だけが流れる。

時間にして十分くらいだろうか。それとももっと経ったかもしれない頃、ネプチューンが重い口を開いた。

「クロアが以前に訪れた時は、二十年ほど前だったか」

「そうだな。当時は……俺が十八の頃か」

「そんなに若かったのか。なのにクロアは、当時でさえ我と殴り合っても一歩も引かなかったな」

「あんたのせいだろう。ウィエルを馬鹿にされたんだ。神だろうがなんだろうが、負けられない戦いというものはある」

「そ、それは本当にすまなかった。貴様が強いことは一目でわかったが、どうしても実力を確認したくてな。本気を出してもらうために、つい……」

ネプチューンがあからさまに動揺する。

もちろん今は、あれがクロアを挑発するためにわざと言ったということはわかっている。殴り合いから、それくらいの信頼関係はできあがった。

でも納得はできていないので、ちょっとした恨みがましい視線をネプチューンへ向けると、しゅんとしてしまった。

「……もう二度とするなよ。今やられたら、多分殺してしまう」

「わ、わかっている。……今の貴様、我より強いからな」

ネプチューンの意味ありげな視線が、クロアを射貫く。

なるほど。話はそれ関係か。

「穏やかな話ではないみたいだな」

「うむ。正直、本件に関しては我一人では厳しくてな……あけすけに言えば、助けてほしい」

ネプチューンは海神と呼ばれるだけあり、水域に関する事象のすべてを把握することができるし、この世の水をすべて操れる。

加えて、自身からも無限に水を精製することも可能。当然、物理的な殴り合いや武器術もかなりのものだ。

そんなネプチューンが、クロアに助けを求めている。いったいどんなことなのかわからないが、かなりの厄介ごとらしい。

「内容による。とりあえず、話だけ聞きたい」

「うむ……」

ネプチューンは腕を組み、言葉を選ぶように目を閉じ、思案顔になる。

目を閉じること数秒。ネプチューンは目を開け、クロアをじっと見つめた。

「実はな、この国に危機が訪れようとしている」

「……は？」

「正確には、ディプシーが滅びるかもしれん。頼む、クロアの力を貸してくれ」

突然の物騒な話に、クロアもつい身構えた。

国が滅びるなんて、本当に一大事だ。生半可な覚悟で話を聞くわけにはいかない。

クロアは頭の中を整理するため、椅子から立ち上がった。

「歩きながら話さないか？　座って話を聞くには、内容が重すぎる」

「……わかった」

　ネプチューンがバルコニーから飛び降り、クロアもそれに続く。

　城門の内側に広がる庭へ、二人の巨体からは考えられないほど静かに、振動ひとつ起こさずに下り立った。

　ネプチューンから見たら普通の大きさだろうが、クロアからしたら広大だ。草原にいるかのような感覚に陥る。まるで自分が小さくなったみたいだ。

　ネプチューンが先導して薄暗い庭を歩くと、しばらくしてクロアから口を開いた。

「ディプシーが滅びるとは、一国の王とはいえ冗談ではすまされないぞ。確かなのか？」

「残念ながらな。まだ可能性の域を出ておらず、我とて信じたくはないが……こんなこと、冗談では言わん」

　辛そうな顔で、手に握るトライデントを握りしめる。

「今の言葉から察するに、誰かから聞いたのか？」

「聞いたのではない。見たのだ」

「見た？　何を？」

　まさか、夢ってことはないだろう。ネプチューンには予知夢の能力はないはずだ。さすがに、夢での内容でここまで取り乱すなんてことはない。

　ネプチューンは立ち止まり、ゆっくり上を見上げる。

　クロアも続いて上を見るが……何もない。ただただ、膜で隔てられた漆黒の海が続いているだけだ。

どう話せばいいのか迷っているのか、それとも言葉を選んでいるのか。ネプチューンは黙ったまま動かない。

クロアは急かさず、ネプチューンの次の言葉を待った。

たっぷり待つこと数分。ネプチューンが重い口を開いた。

「クロアになら、見せてもよいだろう。ついてきてくれ」

「む？　ああ」

広大な庭を、城を回り込むようにして歩く。

しばらく歩いていくと、城の裏手に細長い塔が現れた。細長いといっても、クロアからしたら巨大だが。

ネプチューンが塔の中に入っていき、クロアも続いて入る。

唐突に、カビと苔の匂いが鼻腔を突く。

塔内は暗いが、ネプチューンが何かを操作すると薄暗い間接照明が点灯した。

短い廊下が続き、最奥には、水の圧力を利用しているというエレベーターが備え付けられている。

エレベーターに乗り込み、クロアたちは最上階――十六階へと上がっていった。ネプチューンが操作盤の水晶に手をかざしていたから、恐らくごく限られた人物しか上へいけない仕組みになっているんだろう。

何度も言うが、人間サイズの十六階ではない。人間世界でいえば、恐らく四十階相当の高さになる。

十六階に到着して扉が開くと、エレベーターの先は、美術品も何も飾られていない無機質な廊下が延びていた。窓もなければ、灯りも必要最小限のみ。

城の豪華さとは打って変わって、違和感があるほど何も手を付けられていない。

「随分と古いな」

「うむ。我が生まれる前から、この塔はここに建っていてな。我ら王族に、代々受け継がれているのだ。ここは王族の中でも、歴代のネプチューンしか立ち入ることが許されていない神域。ネプチューンが襲名制なのは、クロアも知っているだろう」

「ああ。確かあんたは、六代目だったか」

「うむ。ネプチューンの名を受け継ぎ、千六百年になる。あっという間だった」

時間の間隔が違うんだろうか。クロアからしたら、千六百年なんて途方もない年月のように感じる。

「国王以外でここへ来たのは、魚人族の歴史を見てもクロアが初めてだろうな」

「掟を破っていいのか？」

「うむ。国の……いや、魚人族の危機だからな。四の五の言っていられない」

緩やかなカーブになっている薄暗い廊下を進んでいく。さらに坂にもなっているみたいで、徐々に上の方へ登っていった。

そうしてついに、突き当りまでやってきた。

しかし扉はない。前も、横も、天井も、床も……何もない。壁だけだ。

「ここから先は隠し扉になっているのだ」

トライデントの槍先で、中央に埋め込まれている丸石に触れる。

直後、トライデントから水色の光りが溢れ、丸石を包み込む。

丸石に注がれた光りが石の溝に沿って広がり、壁一面に光りが行き届くと、石が動きネプチューンが入れるだけの穴が現れた。

なるほど。ネプチューンに受け継がれるトライデントがないと、開かない仕組みになっているのか。

「この先に、クロアに見せたいものがある」

ネプチューンに続いて、クロアも隠し部屋へ入室。

暗すぎて何も見えなかったが、ネプチューンが部屋の灯りを点けるとうすら寒い白色の光りが部屋を照らした。

部屋の中はかなりの広さで、ネプチューンでも余裕で歩けている。

だが、それ以上に目を引くのが、大量の書物と壁画だ。

天井まで積み重なった本はくたびれているが、読めないことはない。

壁画は異様に古く見える。ところどころ剥げていて、書いている内容も読めなくなっている。

が、天井に描かれた壁画だけは綺麗な状態を保っていた。

中央に直線が引かれ、右側には青い球体。左側には黒い球体が描かれている。その背後には、二つの球体を跨ぐようにして、何やら奇妙な生物が描かれていた。

犬、猫、魚、鳥のようなわかりやすいものから、形状が不安定なものもいる。

「あれはなんだ？」

「うむ……実は長年、あれだけは謎でな。我も今まで知らなかった。というより、わからずに放置していたのだ。さして興味もなかったし」

それでいいのか、王族。

「しかし、無限と言っていいほど生きていると暇でな。この数年は、あれに関する調査をしていた。で、まずいことがわかった」

「まずいこと？」

ネプチューンは壁に近付くと、トライデントで壁画をさす。まだ綺麗に残っている壁画には、黒く巨大な生物と戦う、多種多様な人間が描かれていた。

人族、兎人族、狼人族、魚人族、猫人族……それだけじゃない。頭に光る輪と、背中に白い翼を付けた人間のような生物も、巨大生物と戦っている。

「クロア、この生物はなんだと思う？」

「……魔物だろう。魔獣でこんな形の生物はいないぞ」

「だと思うだろ。実はこれは、魔物ではないんだ」

「何？」

ネプチューンの言葉が信じられず、壁画を注視する。

魔獣というのは、熊や狼やシャチなど、野獣が大気中に漂う魔力を溜め込み、凶暴化した姿である。

それに対して魔物は、ドラゴンやオークやスライムなど、生物的にありえない存在を総称して呼ばれる。中には、知能を持つ魔獣とも呼ばれている魔物も多く存在する。

その前提のもと、壁画の生物を見るが……明らかに、生物的にありえない構造をしている。

歪な球体のような黒い体に、目が十個。口が四つ。脚が十三本。腕が四本。

世界中を見て来たクロアだが、こんな生物は見たことがなかった。

いくら魔獣化した野獣だとしても、こんな変化はありえない。ということは、クロアが知らないだけで魔物だと思うが……ネプチューンがそれを、さっき否定した。

「いやいや。こんな奴、どう見ても魔物だろう。さすがにこんな獣がいたら、今頃世界中で大パニックだ」

「我も最初は、魔物かと思った。その線で調べていたんだが……しかし、世界中を調べてもこのような魔物はどこにもいない。存在しない魔物……否、存在しない怪物なんだ」

存在しない怪物。

この言葉に、クロアの中の戦闘欲がふつふつと沸き上がった。ウィエルには子供っぽいと言われるが、こればかりは衝動なのだ。仕方ない。

が、すぐに冷静になり、そっと息を吐いた。

「存在しない怪物ということは、これは大昔の人が描いた絵空事ってことじゃないか」

「と、思うよな。……いたんだよ、これは。今はいないが、大昔……それはもう、数百万年前にはな」

「数百万、て……」

意味がわからなかった。数百万年前なんて、規模が大きすぎて想像すらできない。

「何せ昔すぎて、文献の一切は残っていない。しかしこうして、壁画として残されているものもある。我は数年の月日をかけて、部下に命令し世界中を探させた。その結果をまとめたのが、この本だ」

いつの間にか、ネプチューンが本を持っていた。かなり大きく、ミオンの背丈ほどはあるだろうか。厚みも相当なもので、クロアでさえ片手で掴むのは難しい。

表面は赤い革で装丁されているが、タイトルも何も書かれていない。シンプルな作りの本だ。

「これは我が作った本でな。調査の結果、この怪物は実在することはわかった。そして、どこから来たのかも」

「……来た？　生まれたんじゃないのか？」

「うむ。これに描かれている怪物は、この世界の生物ではない。異世界の生物なのだ」

「…………」

異世界の生物という言葉に、さすがのクロアも口を開けて惚けてしまった。

以前、ウィエルが異次元魔法を使った時に考えていた、まだ見ぬ敵と戦いたいという欲求。それがまさか、こんな形で出会うことになるとは思わなかった。

「この世界と別の世界は、本来は個々で分かれていて、交わることはない。しかし極まれに、二つの世界が交わって生物が行き来することがあるらしいのだ。あの壁画に描かれた怪物は、その際にこちらの世界へやって来た」

「そういうことか……」

ウィエルの魔法を知っている身からすると、ありえない話ではない。

むしろ、可能性としては全然あるだろう。

ウィエルは、魔法という媒体を使って強制的に次元を繋げることができる。

なら、異世界とこの世界が繋がるひずみが自然発生することくらい、永遠ともいえる時間の中ではありそうだ。

だが、なぜこの部屋に連れてこられたのか。それがまだわかっていない。

「ネプチューン、どうして俺をこの部屋に連れて来た？　何か理由があるんだろう？」

「うむ。実はな……もしかすると近々海の中に、異世界とのひずみが現れるかもしれないのだ」

「なんだって……!?」

異世界とのひずみ。それすなわち、異世界の怪物と戦えるチャンス。いやチャンスではない。ピンチだ。

クロアは心躍る気持ちを必死に抑え、まずはネプチューンの話を聞くことにした。

「なぜ、そんなことがわかる？　異世界とのひずみが繋がる場所なんて、感じ取れるものなのか？」

「我は水域の中で起こっていることは、すべて把握することができる。そして、水域の中で発生する違和感も感じ取ることができるのだ。ここ数ヶ月、ディプシーの近くで妙な揺れを感じることが多い。いや、海の揺れではなく、空間の揺れというべきか……いずれにせよ、調査隊を編成して調べたが、まったく異常はなかったのだ」

この世のすべての水域で起こっている事象を察知することができるネプチューンが感じ取った。つまりそれは、本当に揺らぎがあったということ。

もし、ひずみが発生し、異世界の怪物がこの世界に現れる……なるほど、ディプシーの危機というのも頷ける。

それだけじゃない。下手をすれば、世界そのものも危ないかもしれない。

まさか、ここに来てそんなことが起こるとは思わなかった。

それに、ディプシーへ来る前に感じた、謎の気配。ウィエルの魔力探知にも、ミオンの気配探知にも引っ掛からなかった、あれだ。

恐らくそれがネプチューンの感じている違和感だ。クロアが感じ取れたのも、野生の勘が働いたのだろう。

ひずみが完全にでき、異世界の怪物がこっちの世界に来ると考えると、冗談ではすませられない。

クロアからしても、あの気配の大きさは、かなりの脅威だ。

例の気配を思い出していると、ネプチューンがクロアの肩を掴んで懇願してきた。

「頼む、クロア。お主の力が必要なのだ。もし異世界の怪物がひずみを通ってきたら、我だけでは対処しきれぬ……！」

苦虫を噛み潰したような顔で、トライデントを力強く握りしめるネプチューン。

クロアは一瞬も考えるそぶりを見せず、深く、大きく頷いた。

「そういうことなら、断るなんてできないな」

「で、では……！」

「任せてくれ、ネプチューン。急ぐ旅でもないし、しばらくはここに滞在させてもらう。礼も兼ねてな」

「ほ、本当か……⁉　本当に手伝ってくれるのか……⁉」

「ああ」

「おぉ……ありがとう。ありがとう、クロア……！」

ネプチューンはクロアの前にひざまずき、涙ながらに手を取った。

これがネプチューンの杞憂なら、それでいい。

しかし、たった〇・一パーセントの確率でも危機が迫っているのなら、無視することなんてできない。

（とりあえず、ウィエルとミオンちゃんにも話さないといけないいな）

そう考え、クロアたちは隠し部屋を後にするのだった。

第三章 出会いは突然に

「い、異世界の怪物、ですか⁉」

翌日の朝。二日酔いでダウナーだったミオンが、クロアの話を聞いて声を荒らげた。

「ああ。昨日ネプチューンと話していてな。恐らく、相当な相手になる」

「つ、強いんですか……？」

「ああ、強い。たぶんな」

「そ、そんな……」

明らかに怖がっているミオンが、ウィエルの服をつまんだ。ウィエルはミオンを怖がらせないよう、頭をゆっくり撫でる。

「あなた、今のお話、信じているのですか？」

「……俺の直感だが、可能性はゼロではないだろう。もし本当なら、魔王が世界を支配する前に、世界が滅びる」

「昨日、ディプシーに来る前に感じたという気配からして？」

「間違いない」

クロアの断言に、ウィエルは目を閉じて何かを考えている。

そしてゆっくり目を開けると、深く頷いた。

「私は旦那様の妻です。最愛の夫が決めたことなら、どんなことでもやり、どんな場所へもついていきます」

「すまない。……いや、ありがとう」

もちろん、クロアの目が黒い限りは、世界を滅ぼさせはしない。何が何でも、異世界の怪物を倒す。

クロア一人だと大変だろうが、クロアには心強い妻《ウイエル》がいる。なら、心配することはなにもない。

「ひずみはまだ現れていない。が、俺が気配を感じたということは、近いうちにひずみは発生するだろう。しばらくここに滞在し、様子を見る」

「ま、待ってください！」

ミオンが大声でクロアを静止する。

「そ、その話が本当なら、海神ネプチューン様でも勝てないんですよねっ？　な、なら逃げた方がいいのでは……!?」

「ネプチューンより俺の方が強い。その俺が、勝てると確信している。だから大丈夫だ」

「確かにクロア様の強さは知っていますが、いくらなんでも異世界の怪物相手は、分が悪すぎます……！」

不安と恐怖でいっぱいいっぱいになっているのだろうか。ミオンの全身の毛が逆立ち、ぷるぷる震えてしまっている。

可哀想だが、現実で起こっていることから目を逸らしてもなんの解決にもならない。受け入れるしかないのだ。

「でもミオンちゃん。もし異世界の怪物が現れたとして、どこに逃げる？　俺が強敵認定している相手だ。世界中どこを探しても、逃げられる場所は存在しないぞ」

「う。そ、それはそうですが……」

「人生、一度や二度は、逃げられない戦いというのは存在する。ミオンちゃんにとっては、今がその時ということだ」

　クロアの言葉に納得したのか、それとも諦めたのか。

　ミオンはがっくしと肩を落とし、虚無を見つめた。

「まあ、まだ気配は感じられないんだ。それまで、王城に厄介になることになっている。もしかすると一ヶ月か、一年か……もしかしたら今日か明日かもな。今のうちに贅沢暮らしを堪能した方がいいぞ」

「ぜ、贅沢……！」

「もちろん、修行にも手は抜かないが」

「!?」

　恐怖→喜び→絶望。まるで感情のジェットコースターに、クロアは苦笑いを浮かべた。

　異世界の怪物との戦いに、ミオンは実力不足だ。

　だが当然、これからも同じことが起こるかもしれない。そのために、ミオンの修行をサボるわけにはいかないのだ。

「さすがに今日はゆっくりしていていいからな。この二週間の疲れを存分に取る。休むことも修行だぞ」

ソファーから立ち上がって客室を出ようとすると、ウィエルが声をかけた。

「あなた、どちらへ？」

「街の様子を見てくる。ウィエルも行くか？」

「お供します」

ウィエルはコーヒーを流し込み、クロアに寄り添うように近付いた。

「ミオンちゃんはどうする？」

「あ、私は今日はお城にいます。トーラスちゃんに遊びに誘われているので」

「それがいい。それじゃあ、行ってくる」

「いってらっしゃいませ」

ミオンに見送られ、二人は客室を出ると、城の外へ向かった。

クロアたちのことは城に仕えている者たちには知らされているらしく、クロアたちとすれ違う度に頭を下げられる。

足早に城を出ると、門兵に事情を話してから門の外に出る。

城の中でも感じてた磯と魚介類の香りが、城壁の外はさらに濃く感じた。

魚人族は、文字通り魚の亜人。魚の特徴を持つ亜人族だから、人型でもエラがあるものもいれば、全身鱗に包まれている者。下半身だけ魚の者。魚ではなく、タコやイカの魚人族もいる。

あっちを見ても、こっちを見ても、魚人、魚人、魚人。

さすが魚人族だけの暮らす、海底の国だ。

商店街では、ディプシーの特産品が売られている。

しかしそれだけではなく、地上の商品もかなり多い。これも、ネプチューンが地上のことを調査し、仕入れたものなのだろう。

「わっ。きれ〜……！　あなた、これすごく綺麗ですよ……！」

「ああ、そうだな」

ウィエルは珍しい商品をあれこれ見ては、楽しそうな笑みを浮かべ、クロアの腕を引っ張る。

こうしたデートというのは、いつぶりだろうか。

確か、アルカが生まれてからは一度もないはずだ。久しぶりのデートに、クロアも若い頃を思い出し、つい笑みをこぼす。

ディプシー名物、海藻焼きを買い、ほのかな塩気と甘みを堪能する。

ふと、クロアが上空を見ると、そこには暗い空が広がるだけ。ここは深海千メートル。太陽の光りはまったく届かないから、昼間でも空は暗いままだ。

と、貝串を食べていたウィエルが、あるサンゴの前で立ち止まった。薄桃色に光る、巨大なサンゴだ。

この光るサンゴが、ディプシーの明るさを決めている。どういう原理なのか、空が夜になるとこのサンゴも光らなくなるらしい。

ウィエルがサンゴに手を触れると、触れた箇所から薄桃色に光る泡のようなものが飛び出し、宙に舞う。

「以前訪れた時より、なんだか華やかですね。こんな大きなサンゴも、前はなかった気がします」

「俺たちが最初にここに来た時は、もっと薄暗い感じだったよな。この国がすべてで、この国だけで生活が完結してきたから、文明を発展させることもなかったんだろう」

「けれど、私たちが来たことで、文明の発展の手助けになった……なんだか誇らしいですね。傲慢かもしれませんけど」

ウィエルが指をそっと振るうと、穏やかな風が吹き大量の泡が上空へ向かっていった。

当たり前だが、この国では風が吹くことはない。だからこうして泡が宙を漂うなんて光景は、まず起こらない。

そんな稀少な光景を見た国民たちは、全員光りの泡を見つめて楽しそうな笑みを浮かべていた。

「綺麗なものを綺麗だと思う。それは人族でも、亜人族でも変わらない。そんな人たちを守りたいと思うのは当然で、傲慢ではないだろう」

「ふふ、そうですよね」

その後も二人は街を散策し、あちこち見て回りながら町から郊外へと移動する。

「ウィエル、あっちに行ってみよう」

「ええ」

郊外に移動すればするほど、当然だが建物の数が少なくなってくる。

真っ直ぐ、半日も歩けば、建物がまったくない岩場に辿り着いた。

この付近は開拓されていないみたいで、ごつごつした岩場と、砂が堆積しているだけだ。人気も一切ない。光るサンゴもまばらにあって、街中より暗く、一人で来たら不安に駆られるような場所だ。

ウィエルはぐるりと岩場を見渡したあと、クロアを見上げる。

「それで、どこから一番強い気配を感じますか？」

「なんのことだ？」

「あなたが、何もないのにふらふらとこんな場所に来るはずないですよね。何か目的があって来たんじゃないんですか？」

ウィエルの言葉に、クロアは首を傾げる。

そのリアクションに、ウィエルも同じ方向に首を傾げた。

「……あ、いや、違うぞ。別に何かあってここに来たわけじゃない」

「違うんですか？」

「まあ、久しぶりのデートだし、少し二人きりになりたいと思っただけで……」

と、慣れないことを言ったせいで、クロアの頬が若干赤らむ。

ウィエルもまさかの言葉に、クロア以上に顔を朱に染めた。効果音をつけるなら、「ギュギュギューンッ」と言った感じだろうか。

ウィエルは熱くなったのか、顔を手でぱたぱた扇ぐ。

「そ、そ、そう、ですか……」

「あ、ああ。……勘違いさせてしまったな。すまない」

「い、いえっ。気にしないでください」

なんとも微妙な空気になってしまった。

二人は数秒間見つめ合うと、どちらともなく笑い、岩場に腰をかけた。

静かな場所で、二人きり。結婚した当初を思い出し、緊張とちょっとした寂しさを感じる。なぜ寂しいのか、言葉にはできないが。

同じ方向を眺めていたウィエルが、そっと息を吐いてクロアに寄りかかる。

「こうして岩を眺めていると、あなたと出会った時のことを思い出します」

「ああ……そうだったな」

「正直に言うと、あの時はなんだこのクソガキはと思いました」

「クソガキで悪かったな」

「でも、今はもう最愛の旦那様ですよ」

ウィエルがクロアに寄りかかり、クロアはウィエルの手を優しく握った。

出会い。それはもう、とんでもない出会いだった。

そう、あれは――。

◆二十三年前　アルバート王国・王都ニルヴェルト◆

雲一つない空を見上げると、太陽が「我こそが王である」とでも言うように、燦然《さんぜん》と輝いている。

事件も珍事もなく、平和な時間が流れている昼下がり。

王都ニルヴェルトは、今日も今日とて変わらない賑わいを見せていた。

八百屋の店主が馴染みの客を大声で呼び、その横では婦人《マダム》たちが井戸端会議に興じている。

遊び盛りの子供たちは、王都ではやっているおもちゃを片手に元気に走り回り、屋根の上では猫が大きなあくびを見せ、日向ぼっこをしていた。

争いとは無縁な、そんな街中のとある一角。

入り組んだ裏路地を進むと、表通りの雰囲気とはがらりと変わった。

煌びやかな空気とは正反対のそこには、道路の横で酔いつぶれた輩や、怪しい商品を売りつけている老人がいる。

数匹の野良犬も、誰かの落とした食いかけの肉に群がっていた。

どちらかといえば陰湿で、野蛮で、まともな生活を送っていたら誰も近寄らないような場所に、とある酒場があった。

普段から争いが絶えないのか、建物の壁には斬撃痕が目立つ。

店先のテラスには、砕かれた椅子やテーブルが散乱しているが、誰も気にしていなかった。

薄暗い裏路地の住人も、ここの周りには近付こうともしない。

それほど異質な空気を漂わせている酒場だが、客足は途絶えないようで、さっきからひっきりなしに客が出入りしている。

しかし、その客層も並ではない。

出入りする客の誰もが、腰や背中に何かしらの武器を携帯しているのだ。

「それでよぉ！」

「マジかよバッカじゃねぇのぉ？」

「ギャハハハハ‼」

「テメェ俺の酒飲んだろ！」

「はぁ？　名前書いてあんのかよばーか！」

店の中からは、客層どおりの粗野な笑い声と怒号が聞こえてくる。

酒瓶は割れ、酔いつぶれた客は床に転がり、なぜかナイフやハンマーが飛び交う。

あちこちの椅子やテーブルは壊れ、天井から吊られているシャンデリアも傾いている。今にも落ちてきそうだが、誰も気にもしていない。

ちょっとの衝撃で、建物自体が倒壊してしまいそうになるほど、古い。そして汚い。

いかにも荒くれ者の溜まり場といった感じだ。

これが、いつもの酒場の光景である。

こんなカオスな状況でも、ひげを生やしたたくましい肉体を持つ酒場のマスターは、平然とした様子でカップや皿を洗っている。

どうやらこんなことは、ここでは日常茶飯事らしい。

一仕事を終えたマスターは、荒くれ者の客たちを横目に煙草に火を点ける。

そんな中、スキンヘッドの大男が、カウンターで一人酒を楽しんでいた。相当酔っているらしく、顔が赤く目元がとろんとしている。

でもまだ飲み足りないのか、巨大なカップになみなみ入った酒を煽りつつ、マスターに声をかける。

「なーおやじィ、そろそろ金が尽きそうなんだが、何か割のいい仕事ねーのか？　なんならふつーの仕事でもいいぜ」

「ないねぇ」

「チッ、しけてんな」

「文句言うなら来なくていいよ」

「じょーだんだよ」

へらへら笑い、横目でカウンターの横に設置されている掲示板を見る。だいぶ古く、すでに傾いている。少し触れただけで壊れそうだ。

そんな掲示板には何枚かの紙が貼られており、周囲の枠には大きく『仕事』と雑に書かれていた。

「マジでしけた仕事しかねーな」

「仕事は早い者勝ちだからね」

「ケッ、冒険者稼業も楽じゃねーぜ」

深く息を吐き、男は酒を呷った。

仕事というのは、いわゆる冒険者たちが食い扶持としている、魔獣・魔物の討伐や、薬草・鉱物の採取などのことである。

そう、この酒場に集まっているガラの悪い輩は、全員冒険者だ。

この酒場は飲食だけではなく、冒険者へのそういった仕事の斡旋もしている。だからこうして、荒くれ者たちが集まっているのだ。

男は酒のお代わりを注文し、再びマスターに話しかける。

「じゃあ危険な仕事でもいい。チーム組んでやっからよ。銭が稼げるやつ」

「ないねぇ。危険な仕事は、ほとんどアイツが持ってっちまうから。ま、おかげでうちは儲かっとるがな」

その言葉で、誰のことだかすぐに思い浮かんだ。

「なるほどな、アイツか。アイツは別格すぎっからなぁ……一人でやるのは勝手だが、俺らのことも考えてほしいぜ。このままじゃ、おまんま食いっぱぐれちまう。……で、今回はどこ行ってんだい？」

「ドラゴンの逆鱗の採取だ」

マスターの言葉に、男は顔を引き攣らせた。

ドラゴン。ある説によれば、ドラゴンこそがこの世に現存する生物の中で、最強の種族だといわれている。

物理攻撃や魔法攻撃のすべてを跳ね返す、硬すぎる鱗。

すべてを燃やし尽くす炎の息吹。

強靭な牙と爪。

空を飛ぶ大きな翼。

狂暴な捕食本能。

人間とは別格。まさしく、超生物だ。

ドラゴンが一匹街に現れたら、その街は破滅を受け入れるしかないと言われている。

できる対処はたった一つ。逃げることのみ。戦おうと思ってはいけない。戦ったら最後、生還することは不可能だ。

そんなドラゴンから逆鱗の採取。常人では計り知れない、偉業だ。

「何枚だ？」

「十枚だと。どっかの馬鹿貴族が、逆鱗で盾を作りたいらしい」

「誰だよそんなこと言い出した貴族《ゴミ》……そいつは確かに大馬鹿だ。が、そんな大馬鹿を可能にするのも、あの特大馬鹿以外いねーか……あ？」

その時、酒場のドアがゆっくり開き、獣臭と血の臭いをまとった大男が現れた。

大きなローブを身にまとい、フードを深く被っている。

戦闘後だからか、酒場を見渡す眼光が異様に鋭い。まるで獣だ。

フードの下に見える相貌は、だいぶ若く見える。まだ十代だろうか。だが全身が、年不相応に血濡れていた。

その男の気配を感じた荒くれ者は、全員黙って目の前のテーブルを見つめるだけだった。さっきまでうるさかった酒場が、静寂に包まれる。

ただマスターだけは大男を見てため息をつき、タオルを投げ渡した。

「おいクソガキ、血を落としてから来いって何回言ったらわかるんだ。タオル代、きっちり請求するからな」

「すまん」

「毎回毎回それればっかり……少しは学習しやがれ、クロア」

男——クロアはローブを脱ぎ、タオルで顔についた返り血を拭くと、カウンター席に座った。

よく見ると、傷は一切ない。すべて返り血だ。

「マスター、ドラゴンの肉を持ってきたから、適当に」

「はいよ」

麻袋に入った肉を渡すと、マスターは調理に取り掛かる。こうして客の要望に応えるのも酒場のマスターの仕事だ。

先に出された、きんきんに冷えた水で喉を潤していると、スキンヘッドがにやけ面でクロアに話し掛けた。

「おうクロア。ドラゴン狩ってきたんだって？　さすが、最強はやることが派手だねぇ」

「ああ。どっかの馬鹿貴族からの依頼でな」

「おっと、さっきの聞こえてたのか。相変わらず地獄耳だ」

スキンヘッドはけらけら笑い、酒を呷る。

クロアは腕を組んで、感情のない目で虚空を見つめた。

「ドラゴン十体だろ？　さすがのお前さんでも時間は掛かったみたいだな」

「一日一体が限度だな。アイツらの鱗は硬いし、なかなか攻撃も通らん」

「おいおい、クロアの攻撃でも苦労するとか、ドラゴンってのはバケモンかよ」

「あれを超える生物なんて知らんな」

クロアは、王都ニルヴェルトでも最強と知られている。そんなクロアでも、ドラゴンは手こずるようだ。

世間では最強の生物と言われているドラゴンに『手こずる』で済ませるのは、さすがとしか言いようがないが。

スキンヘッドが絡み、クロアが適当に答える。

そんなやり取りが続くと、マスターが肉の塊を持ってきた。綺麗な焼き目がついていて、香ばしい匂いが漂っている。

「はいよ、お待ちどおさん。ドラゴン肉のステーキだ」

「ありがとう。料金はいつも通り、報酬から抜いといてくれ」

「わかってるさ」

換金のために袋から取り出したドラゴンの逆鱗十枚。光の反射で七色に輝き、見るものすべての目を引き付けた。

さっきまで無言だった荒くれ者たちも、逆鱗を見てザワつく。

スキンヘッドも目を見開いてあごひげを撫でた。

「すげぇな、これが逆鱗かい。初めて見たぜ」

「ああ。一枚当たり金貨十枚だ」

「おいおい、とんでもねぇな。そんだけ稼いでたら、冒険者なんてしなくていいだろ。もう一生豪遊できるくらい稼いでんじゃねーの？」

「いや、金はない」

「なんだ、そんな真面目そうにしていても、意外と豪遊してんのかい？　ま、クロアも男ってことだな」

「遊んではいない。必要最低限を残して、教会や孤児院に寄付している。俺にとっては、金は重要じゃないからな」

「じゃあ何が重要なのよ」

「強くなること。高難易度の依頼をこなせば、それだけ強い敵と戦える。結果、強くなる。金は副産物だ」

迷いもしないクロアの答えに、スキンヘッドは深くため息をついた。

「ったく……クロアらしいな。だが、おめーさんも十五だろう。その様子じゃあ、まだ女も知らねーみてーだし……女を知るのも、ある意味で冒険だぜ？　結婚とか、ガキとか、考えてねーのかよ。貴族の娘、女騎士、商会の女主人、宿屋の看板娘、同職の女冒険者……いろんな女から言い寄られてんの、知ってんだぜ」

「耳ざといな」

「冒険者にとって、情報は武器だからな」

面倒くさそうな顔をするクロアに、スキンヘッドは詰め寄った。

「で、どうなんだよ。いい女の一人や二人いんだろ」

「ないな。興味がないこともないが、冒険のスリルには勝てん」

「冒険狂いが。つまみ食いくらいしても、罰は当たんねーぞ」

スキンヘッドが酒をお代わりするのを横目に、クロアはまた肉にかぶりついた。

すると、マスターが金の入った袋を渡してきた。

「貴族から預かってた報酬だ。受け取れ」

「助かる」

クロアが袋を懐にしまうと、マスターが「ああそうだ」とカウンターの下から手紙を取り出した。

普通の手紙ではない。細やかな箔押しがされている。

表に刻まれているこの紋章、アルバート王国の紋章だ。

「こいつは？」

「恐らく依頼書だろう。陛下から直々に指名だそうだ」

「陛下から……」

王族直々の依頼は、かなりの高難易度か無茶振りが多いことで有名だ。

スキンヘッド自身は依頼を受けたことはないが、クロアもそれで、何度か窮地に陥ったことがあると聞いたことがある。

クロア曰く、そのおかげで危機察知能力が鍛えられたし、強敵と戦う機会が多いから、クロアとしてはありがたいらしいが。

クロアはため息をつき、手紙に目を通すと、眉をぴくりと動かした。

「……こいつは……」

「お？　なんだいクロア。なんの依頼だい？」

「見るな。捩じ切るぞ」

王族からの依頼書は、本人以外見ることは禁止されている。クロアの反応も、当然のものだった。

スキンヘッドは肩を竦め、興味をなくしたのか酒を呷る。

「すまないマスター、急用だ」

「あいよ」

「おいおいクロア。肉残してんぞ」

「食っていいぞ」

「マジ？　やりぃ」

酒場を出たクロアを横目に見ていると、マスターは逆鱗を店の奥にしまった。

「王族直属の依頼、か……へっ、死んでも受けたくねーな。下手すると死ぬだろうし」

酒場を出たクロアは、急ぎ足で王都の端にある馬車の停留所へ向かった。

いきなり現れたクロアを見て、馴染みの御者が目を見張る。

「おや？　クロア様、どうかされましたか？　さっき帰って来たばかりでしょうに」

「急な依頼でな。悪いが、すぐに出たい。レベイン森林だ」

「へ？　は、はいっ、すぐに……！」

金貨一枚を投げ渡すと、御者は慌てて準備を始めた。

本来なら銀貨一枚で足りるのだが、金に執着のないクロアは一回でかなりの額を渡す。そういう事情もあり、クロアは馬車組合からは神様のような扱いを受けていた。

馬車に乗り込むと、御者も準備が終わったのか、すぐに出発した。

「それにしても、レベイン森林ですか。今更あそこに、いったい何のご依頼で？」

「悪いが、それは言えない」

「なるほど。上からの勅命ですか」

それだけですべてを察したようで、それ以上御者は何も聞いてこなかった。

車窓から外を見る。

まるで今にも落ちてきそうな暗雲が、空を覆っていた。


馬車に揺られること、三日。国王、アーシュタル・メザイアからの依頼書を読んだクロアは、依頼書にあった場所を訪れていた。

レベイン森林、最奥。鬱蒼とした森の中、今にも飲み込まれそうなほど深く、闇を孕んだかのような洞窟がある。そこが、依頼書にあった目的の場所だ。

松明に火をつけ、中を覗き込む。だが、目を凝らすが何も見えない。耳を澄ましてみても何も聞こえない。

クロア自身、視力と聴力には自信があるが、何も感じないということは相当深そうだ。

クロアは添付されていた地図と洞窟を見比べ、そっと息を吐いた。

「ここか。陛下の依頼してきた未開拓領域は」

アーシュタルからの依頼は、未開拓領域の調査。及び行方不明者の捜索だ。

未開拓領域というのは、まだ誰も足を踏み入れたことのない場所のこと。魔物が蔓延るこの世界では、割とある場所だ。

そして未開拓領域には、腕利きの冒険者や騎士団の騎士が派遣されることが多い。どんな危険が潜んでいるか、わからないからだ。

この未開拓領域にはすでに何人かの冒険者や騎士が入っているらしい。が、未だに全員帰ってこないんだとか。

そこで、白羽の矢が立ったのが、王国最強の男であるクロアだ。

改めて、依頼書に同封されていた手紙を確認する。

『グッドラック（´・ω・）b』

「喧《やかま》しい」

松明で邪魔な手紙を燃やして、洞窟を進んでいく。

苔やカビの匂いがするが、毒ガスが溜まっている感じはない。

奥に進めば進むほど生き物の気配はする。しかし、人間の気配はない。魔獣か魔物しかいなさそうだ。

洞窟にある僅かな違和感や痕跡から、どれだけの人間が入って来たのかを確認する。

……かなり派遣されてきているようだ。恐らく、四回に分けてここに入っている。

「二十人近く潜ったみたいだが……にもかかわらず、人間の気配がないとすると……これは、死んだか」

平然と物騒なことを断言した。

ただ、クロアの気配探知は間違いない。洞窟からはまったく人間の気配を感じられないから、死んだことは確実だろう。

依頼には行方不明者の捜索もあるが、気配探知が得意なクロアからしたら達成したも同然だ。

本当なら、これ以上の探索は無意味。ここで引き返すこともできるが……いかんせん、理由がわからない。

先遣隊が全滅した理由もわからず、死体も見付けられず、ただ気配がありませんでは、国王も納得できないだろう。

なら、引き返すなんて選択肢はなくなる。

「面倒だが、死体も探すか」

それに、せっかくここまで来たのだ。帰っても仕事をするだけだし、どうせなら、未開拓領域を探索してもいいだろう。

冒険者にとって、未開拓領域というのは宝箱と言ってもいい。まだ誰も知らない場所を探索し、世間に報せる。その時のカタルシスと言ったら、言葉では形容できない。冒険者の醍醐味というやつだ。

洞窟内の危険や罠に全神経を尖らせ、湿気や苔で足場が悪い中、襲ってくる魔獣を倒して進むこと一時間弱。

音の反響で行き止まりを回避し続けていると、いきなり洞窟が開け、ドーム状の広場に出た。

あまりにも綺麗な形をした、ドーム状の広場だ。反対側には、等間隔に並んだ五つの分かれ道が見える。

「まさか……人工物、なのか？」

見た目は完全に自然にできたもので、道具で掘った痕跡もない。

だが人工物だとしても。数ミリのズレもなく綺麗に五つ分かれる道があるわけがない。恐らく魔法で作られたものだ。魔法だとしても、その痕跡も残さないということは、かなり熟達した魔法の使い手が作ったのだろう。

それが誰なのかはわからないが、相当の強者ということだけはわかった。

「魔法によって作られた、五つの分かれ道、か……なるほど、これは確かに迷う上に、罠があってもわからんな」

魔法には疎いクロアだが、こういう場所は探知魔法を阻害する何かがある。侵入者を根絶やしにする罠が仕掛けられているのも、過去に何度か経験していた。

そして、そんな場所の対処法も知っている。

クロアは不規則なリズムでフィンガースナップを繰り返す。

一拍、二拍、一・五拍。とにかく不規則に音を出す。反響した音に音をぶつけて、徐々に音を大きくしていく。

そして反射音を聞くことで、洞窟内の構造、設置された罠と生物の有無、正解の道を聞き分けることができるのだが……。

「む？」

おかしい。五本の道すべてに罠があるし、魔物が奥で待ち構えている。

弱くて獅子型魔獣の群れ。三十体はいる。強いとドラゴンが一体。しかも、クロアが知っているドラゴンより巨大だ。

どの道を選んでも、ある程度の強さがないと死ぬだろう。ドラゴン一体に至っては、現時点のクロアでも相当厳しいほど強い。

「これは、死体も骨まで食われている可能性があるか……チッ、遺体の回収は諦めるしかなさそうだな」

さすがに、魔物の腹をかっ捌いてまで死体を回収する義理はない。

再度耳を澄ませて、反射音に集中する。音の反射からして、ドラゴンの道しか奥に繋がっていなさそうだ。

あとの四本は行き止まり。行っても意味がない。それどころか、常人なら即死級の罠があるようだ。

「五本の分かれ道に、魔物に、罠に、ドラゴンの奥にある道か……太古の魔法使いの暇つぶしか、それとも何かを隠しているのか……？」

いずれにせよ、今の装備のまま奥に向かうのは得策ではない。ドラゴンを相手にするのは、それほどリスキーだ。

……と、わかっているのだが……なぜかわからないが、最奥に何かを感じる。

気配ではない。危険でもない。

これを言葉で表すとすれば……予感。

今までの人生で感じたことのない変な予感を、洞窟の最奥から感じる。

「チームを組んで向かうべきか。それとも単身で向かうか……」

腕を組んで思案すること数秒。クロアの取った選択は、後者だった。

ドラゴンが相手なら、下手なチームを組むより単身で行った方が生存率が上がる。仲間を守って戦えるほど、まだクロアは強くない。

覚悟を決め、クロアはドラゴンの待つ道へと足を踏み入れた。

途端に、洞窟の奥から漂う圧が強くなる。ドラゴンの方も、異物が入ってきたのを探知したみたいだ。

この圧の強さ、並じゃない。

さっきまで十日かけてドラゴン十体を狩っていたクロアにはわかる。

この先にいるドラゴンは、今まで出会ってきたどのドラゴンより凶悪で、凶暴で——強い。

背中に冷たい汗が流れる。生唾を飲み込み、拳を強く握りしめることで、今すぐ回れ右をして逃げ出したい衝動を抑え込んだ。

歩くこと十分と少し。細い洞窟がいきなり開けた。

直後、クロアが入ってくるのを待っていたかのように、壁に埋め込まれていた宝石が淡く光りだす。

さっきの広場より巨大な、ドーム状の岩盤に覆われた広い空間。その中心に、クロアを見て威嚇している化け物《ドラゴン》がいた。

淡い光りで反射する、黒い鱗。

射殺すような眼光。

見上げるほど巨大な体。

そして、人間のような二足歩行。

ドラゴンの種類は数多く存在するが、二足歩行のドラゴンなんて今まで聞いたことがない。

腕を組んで仁王立ちしていたドラゴンの赤い瞳が、入って来た侵入者《クロア》へ向けられる。

「な、なんだ、こいつは……!?」

「■■——ッッ
ッ！！！！！！！」

突如、咆哮が放たれる。

ドラゴンの咆哮が洞窟内を反射、反射、反射。

原理はクロアのフィンガースナップと同じ。だが音の大きさは数千……いや、数万倍だ。クロアであっても、こんなのを食らったら即死間違いなし。

一瞬にして全方位から音の衝撃がクロアの体を叩く——

「あッッッ！！！！！！！」

——直前。クロアも大声を発し、迫りくる音の爆弾に当てる。そのおかげである程度、威力を相殺した。

だがしかし、それでもある程度で、体にダメージはある。威力が弱まった状態でも、常人なら死に至るレベルだ。

（なんっ……て威力だ……！　けど、動ける……！）

一瞬だけひるむが、クロアは足を止めず、ドラゴンへ向かい低空を飛ぶように走る。

ドラゴンも迫ってきたクロアを見て、拳を振り上げた。

「フッ――！」

「■■■■ッッ――‼」

二つの拳が衝突。拮抗したかのように見えた拳と拳。

だがそれも一瞬で、パワー負けしたのは……クロアだった。

「ッ⁉」

吹き飛ばされたクロアは空中で回転し、勢いを殺して壁に膝をつき、着地する。

が、勢いを殺したと思っていたのに、壁に深々とめり込んだ。効いているのか、脚に力が入らない。膝が僅かに笑っている。

パワーには自信があった。今まで魔物や魔獣相手にも、パワー負けすることはなかった。もちろん、ドラゴンにも。

互いに打ち合って力負けする……こんなこと、初めてだ。

今までになかった体験と感覚に、クロアはほくそ笑んだ。

今度はドラゴンからクロアへ迫る。クロアの動体視力でも霞むほどに速い。速すぎる。

その勢いのまま放たれた爪を寸前で回避すると、爪は洞窟の壁を深々と抉った。

このスピードとパワーで壁が崩れない。ということは、洞窟もこの化け物が暴れることを前提にした作りになっているということ。

そんな壁を抉るドラゴンのパワーに戦慄するクロア。

一瞬だけ、逃げることを考えた。だが……。

（こんな化け物に守らせるほどの何かが、この先にあるのか……気になる）

それ以上に、冒険者としてまだ見ぬ何かへの好奇心が上回った。

視線を、入口とは反対側にある洞窟へ向ける。

その視線を察知したドラゴンが、クロアを行かせまいと怒涛の攻撃を繰り出してきた。

例えるなら、大嵐と大噴火と巨大地震が同時に、クロアだけに降りかかっているような、そんな猛攻だ。

上下左右前後。異常なまでに手数の多い攻撃に、避けることもままならない。

辛うじて急所を逸らして受け流してはいるが、それが限界だ。クロアから攻撃に転じることができない。

「■■■ッッッ――!!」

ドラゴンの猛攻は、さらに激しさを増す。

しかし、乱打の中に僅かに見えたパターンを見切り、なんとかクロアはドラゴンの攻撃をかいくぐる。

反射的に、洞窟のさらに奥へ通じる細い穴へ向かって走った。

あそこに入り込めば、ドラゴンも追っては来られないはず。とにかく逃げ込むしかない。

だがそれに気付いたドラゴンが、一瞬にして回り込んできた。速さで負けるなんてことも、初めての経験だ。

足を地面に食い込ませて急停止し、ドラゴンから距離を取る。

「チッ、やはりそう簡単には行かないか……！」

「■■■■■■■■■■■■■■■■■■■■■■■■■■■■■■ッッッ――‼」

ドラゴンが猛烈な勢いで拳や爪、蹴りの攻撃を放つ。一つ一つが即死級だ。これを絶望的といわず、何を絶望というのだろう。

動体視力と反射神経、直感、経験を駆使してギリギリのところで回避するが、まったくスピードが弱まる気配がない。少しずつ傷が増え、血が滲んできた。

隙を見てはなんとかクロアも攻撃を繰り出す。

ドラゴンが十の攻撃を繰り出すと、クロアは三ほどしか返せていないが、それでも、常人では目にも留まらない攻防が繰り広げられていた。

息付く暇もない。気を抜けば一瞬でやられる。

――この時、息つく暇もない攻防によって、クロアの頭には一つのことが抜け落ちていた。

ドラゴンにのみ使える、必殺の技……龍の息吹《ブレス》があることに。

「■■……ッッッ‼」

ドラゴンの口に蒼炎がチラつき、キュイィィィィィィー……という、エネルギーを圧縮した時に生じる超高音が洞窟内に響く。

ドラゴンの周囲が歪曲した。

（ッ、まずい！）

本能的に、クロアが身を捩る。

「■■――ッッッ！！！！」

次の瞬間。クロアがもといた場所を、恒星のように輝く青白い閃光が通過。地面、壁、天井の順に薙ぎ払われ、爆風が吹き荒れる。

頑丈な洞窟の壁が切断され、断面が溶解した。

暴風に体を叩かれながら切断面を見たクロアの頬に、冷や汗が流れる。

龍の息吹《ブレス》とは、ドラゴンだけが使える技の一つだ。大なり小なり、ドラゴンであれば使える基本技である。

本来は赫い火球を放つだけの技だ。それでも、並の人間では対処できない。戦闘に慣れている者でも、油断をすれば死んでしまうものだ。

が、しかし。今のは違う。

龍の息吹《ブレス》を一点に集中し、圧縮を繰り返す。

そうすることで、不純な炎を純度の高い炎で燃やし尽くし、さらに純度を高める。

不純物の一切を取り除いた炎によって、破壊力と貫通力を極限にまで高めた技。

それが、龍の閃光《ブレス・レイ》。今の閃光だ。

ドラゴンの中でも数千年生きた超上位種しか使えない、破滅の技だ。

しかも色が赫ではなく、蒼。蒼炎を使えるドラゴンだなんて、おとぎ話の中でしか聞いたことがない。

「チッ。龍の閃光《ブレス・レイ》だと……⁉　いったいなんなんだ、あのドラゴンは……！」

こんなことなら、せめて武器を持ってくるんだった。いや、そもそも入ることをやめておけばよかった。

今更後悔したところで、もう遅いが。

ドラゴンの巨体とパワー。そしてスピードを考えると、今逃げ出したとしても、すぐに回り込まれてしまうだろう。

それに、クロアの中に逃げるなんて選択肢はない。

相対したら、どれだけ相手が強かろうと、真正面から戦って捩じ伏せる。それがクロアの戦いの流儀だった。

だとしても、このドラゴンは別格すぎる。

本気で勝てないと思ったのは、初めてのことだった。

(くそっ……このままでは、あのドラゴンには勝てない。パワーもスピードも攻撃の幅も、あいつが上。さらに龍の閃光《ブレス・レイ》も使うし、背中の翼で空も飛べる。そろそろ体と目が慣れて来たが、勝ち目は一割か……甘く見積もって二割だろうな)

死の足音がすぐ後ろに聞こえる。こんなの久々だ。

冷や汗が垂れ、喉が異様に渇く。

それなのに、クロアの口角は上がっていた。

獣が相手を威嚇するように、ではない。完全に笑っている。

自分でもおかしいと思っている。生きるか死ぬかの戦いの中で笑うなんて、どう考えてもおかしい。

しかし、強さを追い求めているクロアにとって、これこそが欲していた感覚だ。

「……ふ……ははっ。くははははっ」

我慢できず、笑い声が漏れる。

ドラゴンは不審に思ったのか、クロアを睨んで動かない。

「いやすまない。さあ、続けよう」

肩を回し、ドラゴンに正対する。

生きるか、死ぬかの戦いで、死にたいなんて思う馬鹿はいない。

なら、どう生き延びるか。

「――勝つ。それ以外ない」

攻撃を続けないことには始まらない。

生き延びるための最後の手段。それは攻めて、攻めて、そして勝つ。

クロアは深く腰を沈め、次の攻防に備えようとした。

その時――


「誰か……そこにいるのですか？」


――地獄のような洞窟内に似合わない、美しい声が響いた。

まるで子鳥のさえずりのような、天使の歌声のような……そんな誰しもとりこにする、神聖に溢れる声だ。

やけに落ち着くというか、闘争心がそがれるような感覚になる。

目の前にドラゴンがいるのを忘れ、思わず目を逸らしてしまった。

声の出処は、最奥の細長い洞窟。その入口付近に、さっきまでなかった人影があった。

女性だ。今、この洞窟内では異質ともいえる、貴族のような純白のドレスをまとっている女性が、こちらを見ていた。

シルクのようにきめ細やかなプラチナホワイトの髪に、深く美しい青い瞳。

こんな洞窟内なのに、純白のドレスには傷どころか、汚れひとつついていない。

歳は二十代くらいだろうか。クロアよりは年上に見える。

そんな女性は、儚げな雰囲気の中に、ちょっとした驚愕をブレンドしたような表情で、ドラゴンと対峙しているクロアを見つめていた。

クロアの目も、吸い込まれるように女性を見た。いや、魅入られた。

その時、クロアに電撃が走る。

戦闘中なのに、女性から目を離せない。

まるで時の流れが狂ったかのように、視界に映るものすべてがスローモーションのように感じる。

瞳孔が開き、心臓が高鳴り、血が沸騰したかのように熱くなる。

戦闘では感じたことのない初めての感覚に、脳が狂いそうになった。

目の前に、クロアの命を脅かそうとしているドラゴンがいる。

それなのに女性から目を離せない。離したくない。

そして、真っ先に出た言葉が――


「結婚してください」

――プロポーズだった。

「…………はい？」

女性はぽかんとした顔でクロアを見る。

クロアも、自分が何を口走ったのか一瞬理解できずに思考が停止する。

「■■■ッッ！！！！」

「うお⁉」

視界の端に映ったドラゴンの爪を、ギリギリのところで回避する。

反射的に回避できたが、バランスが崩れてしまう。なんとか体勢を立て直さなければ。

バランスを崩しながらも回避に徹する。

自身の命を守りつつ、だがクロアの意識は完全に絶世の美女へと向けられていた。

「あなたの名前は⁉」

「え？　うぃ、ウィエルと……」

「ウィエルさんというのか、とても綺麗なお名前だ！　まさしく、あなたのために付けられたようです！　よろしく、ウィエルさん！　俺はクロア！　歳は十五歳！　仕事は冒険者で、趣味は鍛錬です！」

堰《せき》を切ったように、クロアの口から言葉が紡がれる。

「え。あ、え？　な、何を……？」

「女遊びしません！　酒も飲みません！　煙草も吸いません！　仲間からは馬鹿真面目って言われます！」

「いえそうではなく」

　クロアの自己紹介に困惑する美女、ウィエル。

　しかし状況が状況だ。現在進行形でクロアはドラゴンの攻撃を避けている。自己紹介なんてしている暇はないだろう。……ないはずなのだが。

「一目惚れしました、結婚してください！」

「待ってください。そして落ち着いてください」

「この心の炎が落ち着くことはありません！」

「駄目だ、話が通じない」

　異様にテンションが高いクロアを見て、ウィエルは少し引いていた。

　それもそうだろう。初対面の上にプロポーズしてきて、さらにドラゴンと戦っているとか、情報過多すぎる。

　それでもクロアとしては、大真面目だ。

　心臓が不整脈を起こしたかのように高鳴っている。これが恋。これが愛。甘酸っぱく、ほのかな苦みがあるが、とても離したくはない感情だ。

　突然のド直球なプロポーズを受けたウィエルは、困惑しながらも話を逸らすように咳払いをした。

「えーっと……その話は置いといて。クロアさん、このままじゃ死んでしまいますよ。ご存じですよね、そのドラゴン。バハムートですよ」

「え!?」

さすがのクロアも、その名前を聞いて意識をドラゴンへ戻した。

冒険者をしていて……否、おとぎ話を読んだことがある者からして、バハムートを知らない者は存在しないだろう。

空の覇者。破滅をもたらす者。天から生まれし災厄。

様々な異名で知られるが、世間で一番知られているのは、これだろう。

竜王バハムート。

この世に存在するすべてのドラゴンの頂点に君臨し、ドラゴンを統べるドラゴンである。

誰もが一度は行うであろう最強の生物は誰かという論争において、絶対に名前が出てくるのが、こいつだ。

最強の名に恥じぬ伝説も、いくつもある。

曰く、一晩にして国を三つ滅ぼした。

曰く、かつて存在していた巨大大陸を粉砕して、世界地図を書き換えた。

曰く、魔族がバハムートに攻撃を仕掛けた際、飽きるまで食い漁った。

曰く、龍の息吹《ブレス》で天を砕いた。

曰く、世界中の猛者《もさ》を集めて結成された討伐隊を、ものの数分で壊滅させた。

曰く、曰く、曰く。

とにかく、信じられないような伝説が多い。

それが、竜王バハムートだ。

しかし、数ある伝説を持つバハムートだが、誰も知らないことがある。

それは、いつ、どこで生まれたか不明ということだ。

いつの間にかこの世界に存在していて、いつの間にかドラゴンの王と呼ばれ……そしていつの間にか、世界から消えた。

おとぎ話では、勇者率いる英雄たちによって倒されたとか、天高く飛び、空の彼方に消えたとか言われている。

そんな存在自体が嘘くさい伝説級のドラゴンが、今目の前にいる。

まさかこんなところにいるなんて思わなかった。

本物かどうかはわからないが……問題はそこじゃない。本物だろうと偽物だろうと、本物並みの力があることに変わりはない。

今までの攻防を考えると、確信を持って言える。この力があれば、数々の伝説を実行することは容易だろう。

確かに、竜王バハムートなら、現状のクロアの力を以てしても倒すのは不可能。

が、しかし。

「俺は死にません！」

「どこからその自信が？」

「体の頑丈さだけが取り柄です！」

愛の前には、それも無駄な説得だった。

「バハムートを相手にどんな自信ですか……」

「ともかく返事をください！」

「この状況下で？　……変な人ですね」

「よく言われます！」

くすっと笑ったウィエルだが、不意に口元を手で隠すと、陰鬱な表情を隠すよう、すぐにクロアから顔を逸らした。

「……無理です。結婚は、できません」

「なぜですか！」

「当たり前じゃないですか。初対面ですし」

「初対面じゃなければいいんですね⁉　ならこれから、たくさん交流を深めましょう！　食事に行ったり、劇を見に行ったり、夜景を見たり！」

「そういう問題じゃありません」

「なら何か問題が⁉」

こんなにも愛を叫んだのは初めての経験だ。

まあ、誰かに愛を叫んだ経験など、ゼロに等しいのだが。女性経験は絶無といっていい。

だからだろうか……このやり取りが、楽しい。死を目の前にしているのに、生きていることを実感している。

ウィエルはしゃがみ込むと、暗い表情で地面を見つめる。

地面に転がっている石ころを持ち上げ、指先で遊ぶようにいじる。

「私はここに封印されていて、ここから先へは行けないのです。私だけを通さない、見えない結界によって……そしてそこのバハムートは、私が逃げないように配置された監視者であり、外部からの侵入者を排除する存在。そのバハムートを倒さなければ、結婚もへったくれもありません。結婚はおろか、あなたとお友達になることも不可能なんです」

ウィエルは寂しそうに微笑み、クロアを見た。

今にも泣き崩れそうな笑顔だ。彼女の笑顔に、クロアの胸はギュッと締め付けられた。

「今からあなたを洞窟の外に転移させます。封印されていても、それくらいはできますから」

「ま、待ってください、まだ俺はあなたと……！」

「少しですが、話せて楽しかったですよ、クロアさん。プロポーズも……まあ、ちょっと嬉しかったです」

頬を朱色に染めたウィエルが、手に持っていた石をバハムートに向かって投げつける。

突然石を投げられたからか、バハムートの意識がウィエルに向いた。

その隙をつき、ウィエルがクロアに手を伸ばす。

手が淡く光り、魔法陣が生成された。

「それでは……さようなら、クロアさん」

「ま、待っ……！」

——次の瞬間、クロアの視界が一気に開け、深い森が目の前に広がった。

背後にはさっきの洞窟。本当に洞窟の外に転移させられたらしい。

一瞬、あれが夢だったのかと錯覚したが、全身に感じる疲労感と、体中から滲んでいる血が、あれが現実だと報せる。

いや、それだけではない。この滾る気持ちは、夢や幻覚だとは思えなかった。

まだ心臓が高鳴っている。

まだ体が火照っている。

まだ耳にウィエルの声が残っている。

あれだけの会話では物足りない。

もっと話したい。お近づきになりたい。触れ合いたい。……結婚したい。

「ウィエル、か……確か、封印されていると言っていたな。それをバハムートが護っているのか……よし」

クロアは急いで近くの村に待機していた馬車に乗り込むと、王都ニルヴェルトへと向かう。超特急料金を支払ったおかげで、一日半で帰って来れた。

拠点としていた宿に戻って荷物をまとめると、また外に飛び出す。向かった先は王城。国王アーシュタルのところだ。

城の前では、四人の兵士が門番として警備していた。さすが王城。警備は厳重である。

四人の兵士のうち、一人の若い兵士が眠そうにあくびをしている。クロアとしても、顔なじみの一人だ。

兵士が近付いてくるクロアを見ると、顔面を真っ青にしてがたがた震え出す。

「ぁ……？　ぇっ、あ……!?　く、く、く、クロアさん……!?　どどどどどどどどどうしてここに……!?」

「モンロ、久しいな」

モンロが恐怖で震えている間に、他の兵士たちは身を正して敬礼で迎える。モンロも遅れて、クロアに敬礼した。

本来なら、敬礼されるような身分ではないのだが、これもいつものこと。もう慣れた。

「あの町のワルガキが、たった数年で城の警備を任されるようになったのか。成長したな」

といっても、クロアよりモンロの方が年上なのだが。

「は、はいっ。当時半殺しにされたおかげっす！　……あ、です！」

おかげと言っているが、目を伏せて地面を向いたまま、合わせようとしない。

当たり前か。当時のことを考えれば、まともに話せるだけでも奇跡だ。本来なら、トラウマで気絶していてもおかしくはない。

「それより、陛下に会いたい。通してくれ」

「も、もちろんです！　開門！　かいもーん!!」

城の上で控えていた兵士たちも、クロアの存在に気付き慌てて門を開ける。

全世界でクロアにしかできない、顔パス入城だ。

門を潜り、城へ入る。アーシュタルは今、執務室にいるはずだ。城内の見取り図は、すべて把握済み。案内されなくても、真っ直ぐにアーシュタルの所へ向かえる。

城の中で出会うメイドや執事たちは、みんなクロアを見ると礼儀正しくお辞儀をした。誰も、勝手に入城したことを咎めようとしない。

少し迷路のようになっている城の中を迷わず走り、アーシュタルのいる執務室へノックもせずに入った。

中ではアーシュタルが、執務机に向かって資料を広げていた。かなり業務に追われているらしく、眉間にシワが寄っている。

「陛下！」

「む？　おお、クロアか。どうしたのだ、そんなに慌てて。洞窟の探索はどうだ？　生存者はいたか？」

「生存者はゼロでした！　代わりにバハムートがいたので、俺、勝つために修行してきます！　それじゃ！」

「は？　ちょ、クロア⁉　……なんだったのだ、今のは……？」

王城を飛び出したクロアは、そのまま超スピードで王都ニルヴェルトを飛び出した。

草原を走ること丸一日。三つの山を登っては下り、登っては下りること二日。

合計三日で、目的の場所までやって来た。

ここは、クロアが小さい頃から修行をしていた山頂。

昔見つけた洞窟には簡易的な寝床が整えられ、何年も前に蓄えていた薪もそのまま残っている。

すぐに眠っても問題なさそうだ。

打撃訓練用に用意していた、巨大な鉄鉱石。切り倒した数本の樹木をまとめた、素振り用の丸太。風化しているが、この二つも変わりなく置いてある。

飲める水場も近くにあるし、この山は食料も豊富だ。肉だけじゃなく、食べられる果物や野草なんかも数多く自生している。

ここでなら、誰にも邪魔されずに修行に没頭することができるだろう。

「パワー、スピード、鋭さ。すべて俺に足りない。となると一から修行し直しか……とりあえずドラゴンをワンパンで倒せるようにならなきゃ、話にならんな」

バハムートを倒し、ウィエルをあそこから救い出す。

我ながら邪《よこしま》な理由だとはわかっているが、今のクロアはこれまでの人生で一番やる気に満ち溢れていた。

本能と欲求に勝る原動力はない。

懐かしの修行場所を眺め、荷物を置いて肩関節を鳴らす。

とりあえずクロアは食料を確保するため、山へと駆けて行った。

◆洞窟奥◆

「……あれから一ヶ月、ですか」

ウィエルは三角座りで呆然と虚空を見つめていた。

バハムートは、変わらずそこにいる。もう見慣れた光景だ。

けど少しムカつき、待機しているバハムートへ向かって軽く石を投げつける。

相変わらず、バハムートは動かない。腕を組んだ仁王立ちで、侵入者が来るのを永遠に待ち続けている。

それはもう、飲まず食わず、眠りもせず、永遠といえるほど長い時間を。

そっとため息をついて、ゆっくり外に向けて手を伸ばす――が、何かに阻まれ、強力な電流がウィエルの体を走った。

反射的に手を引くと、指先が火傷をしたかのように爛れている。すぐに魔法で治癒はしたが、まだ痛いという感覚は指先に残っていた。

「はぁ……やっぱり、ダメですか」

ウィエルは八つ当たりをするように、再びバハムートに石を投げつけた。

自分が今いる洞窟と広場の間は、こうした物質や空気は通る。だがウィエル自身が通ろうとすると、見えない壁と電気によって阻まれてしまう。

その上この洞窟では、魔法のほとんどは封印されている。辛うじて初級の魔法や転移魔法は使えるが、この見えない壁がある限り、ウィエル自身は外に出ることができずにいた。

いつもは魔法理論を考えたり、魔力コントロールの練習ばかりをしている。それしかすることができないから。

でも、この一ヶ月は違う。

「クロアさん……年齢は十五歳。職業、冒険者。趣味は鍛錬。女遊びしない。酒も飲まない。煙草も吸わない。馬鹿真面目。……結婚」

頭の中に、ずっとクロアがいた。

思い出す度に体が熱くなる。久しくかいていなかった汗が背中を伝うのを感じた。

熱くなっている頬に手を当て、頭を横に振る。自慢の銀髪が弧を描いて揺れ、自身の首筋を僅かにくすぐった。

バハムートを相手にしながらの自己紹介。インパクトが強すぎる。

その上で……。

『結婚してください』

『一目惚れです』

『たくさん交流を深めましょう』

あんな風に言い寄られたのは、初めてだった。

プロポーズなんて初めてされた。

一目惚れなんて初めて言われた。

あんなに真っ直ぐな目、初めて見た。

「〜〜〜〜……！」

じっとしていられない。なぜか無駄に立っては座りを繰り返し、洞窟の中をうろうろと歩いてしまう。

しまいには、誰に見せるでもないのに魔法の鏡で前髪まで整えてしまう始末。自分でも、自分の変化に戸惑っていたが……嫌ではなかった。

変に胸が高鳴っている。ずっとずっと、クロアのことが頭から離れない。

この現象に名前が付けられない。付けるだけの知識も、経験もない。

鏡に映っている自分の顔は、見たことがないほど口角が上がっている。頬が朱色に染まり、目が潤み……同時に、虚しさを覚えた。

こんなことをしても意味がない。嫌な現実が、ウィエルの脳裏をよぎった。

ウィエルは魔法の鏡を消すと小さく嘆息し、虚空を見つめる。

自分の心をこんなにも掻き乱した彼も、もう一ヶ月も来ていない。

当たり前だ。相手は最強のドラゴン、竜王バハムート。

本来なら、ここで死ぬしかなかった彼を、自分が逃がした。逃げ出せたことが奇跡なのだ。もうここに来ることはないだろう。

でも……寂しいと思ってしまう。

もう一度会ってみたいと思ってしまう。

けれど……バハムートの力を思い知ったのなら、もう二度とここには近寄らないだろう。常人の感覚なら、思い出したくすらないはずだ。

今度は死んでしまうかもしれない。

死んでしまうなら……もう、ここには来ないでほしい。

会いたいけど、会いたくない。この相反する感情はなんなのだろうか。

この一ヶ月、こんなことばかり考えてしまう。

自分は変になってしまったのか。あんな変な人に、心を揺さぶられるなんて……。

「本当……変な人」

「変な人で悪かったな」

「本当ですよ。……え？」

自分以外の声が聞こえた。

耳にこびり付いて離れない、あの人の――クロアの声だ。

高鳴る鼓動を落ち着かせるように胸を押さえ、声のした方を見る。

「ぁ……」

いた、クロアだ。

ダメだ。嬉しくなってしまう。クロアの顔を見ただけで、頬が緩んでしまう。

ウィエルは三角座りで、緩んでいる口元を隠す。しかし横目では、しっかりとクロアを見ていた。

一ヶ月前に見た時より一回り大きくなっているし、ところどころ傷付いている。何かしてきたのだろうか。

クロアはバハムートのいるエリアには入らず、反対側の洞窟の入口付近で、ウィエルに向けて手を振っていた。

「よ」

「よ、て……なんで、また来たんですか。せっかく逃がしてあげたのに。お馬鹿なんですか?」

「再会早々、貶すのはやめてくれ」

照れ隠しですよ、わかれ。

その言葉を飲み込み、ちょっと眼光を鋭くしてクロアを見る。

ウィエルの心情をわかっていないクロアは、肩を竦めて体をほぐし始めた。まるで、準備運動でもするように。

「あの時のことだけど、誰も逃がしてくれなんて頼んでないぞ。なんでまた来たのかと言われたら、俺はもっとウィエルさんと交流を深めたいからな。できることなら結婚したい。結婚してください」

「…………」

ダメだ、顔が熱い。胸が苦しい。今すぐのたうち回りたい。

完全に腕に顔をうずめて、クロアを視界から消す。とにかく、今はダメだ。クロアを見てしまったら、どうにかなってしまう。

「ふ……深めたところで、意味なんてないですよ。どうせ私はここから出られません。私は永遠にここに幽閉される運命なんです」

「大丈夫。絶対出られる」

「……どうしてそんなことが言えるのですか？」

「俺が連れ出す」

利那。ウィエルが止める間もなく、クロアがバハムートへ向けて駆け出した。速い。以前より、数段速くなっている。

「■■■――ッッッ！！！」

それを察知したバハムートも、眼光をクロアへ向けて動き出した。

二つの化け物は互いに拳を繰り出すと――爆撃音のような音が洞窟内に広がった。衝撃波が洞窟の壁を揺らし、地面にひびが入る。

拳同士の衝突と、拮抗するパワー。止まらない連撃。

その様子を見ていたウィエルは、我が目を疑った。

たった一ヶ月前とは比べ物にならないほど、クロアの戦闘力が上がっている。否、上がりすぎている。

まだバハムートの方がパワーもスピードも手数も上で、さらに龍の閃光《ブレス・レイ》も使っているから、押され気味ではあるが……それでも一ヶ月前とは違い、押されっぱなしではない。身体能力だけで見ればバハムートといい勝負をしていた。

「フッ――‼」

「■■■■■■ッッッ――⁉」

クロアの姿がブレる。

魔法の気配はない。それなのに、今目の前にクロアが三人いるように見える。もはや意味がわからなかった。

「な、なんですか、それは？　魔法の気配がないのに、三人に……⁉」

「ただ頑張って分身しているだけだ！」

クロアはそう主張するが、まったく理解できなかった。

これは自分が世間知らずなだけで、実は世界では普通だったりするのだろうか。

三人のクロアが、それぞれバハムートへ向かう。

「■■ッ⁉　■■ッ⁉　■■ッ⁉」

バハムートの目でも見切れないのか、一体、また一体と潰すもすべて外れ。

気付いた時には、最後のクロアがバハムートの腹部へと潜り込んでいた。

バハムートの連撃と同等の連撃を放ち、腹部へと入り込む。それはもう、人間の為せる領域ではない。間違いなく……人外の所業だ。

拳を固めて、深く息を吐いて集中するクロア。

バハムートの目が見開かれる。

戦闘経験がほとんどないウィエルも、クロアの圧を肌で感じていた。

「破ッ――‼」

「■■■■ッ……⁉」

全身の体重を乗せるように、突き出す。

拳はバハムートの腹部へめり込み、そのまま洞窟の壁へと吹き飛んだ。

壁にめり込むバハムート。あいつのこんな姿、初めて見た。

「お……おぉ……！」

思わず立ち上がって、拳を強く握ってしまう。

正直、クロアにプロポーズされた時と同じくらい、興奮していた。

こんな攻防を近くで見せられて、しかも忌々しいバハムートが押されている。興奮しないわけがない。手に汗握るとは、まさにこのことか。

「■■■■ッ……‼」

壁にめり込んだバハムートは、すぐさま抜け出して地面に下り立った。

ドラゴンの腹部は、他の箇所と比べても柔らかい鱗で覆われている。だからダメージは通りやすい。

と言っても、相手は伝説のバハムート。この程度じゃダメージにもならない。すぐに回復してしまう。

「く、クロアさん気をつけて！　あいつ、全然ダメージを受けていません……！」

「ああ、わかっている！」

クロアは油断することなく、バハムートへ追撃した。

向かってくるクロアを迎え撃つバハムート。牙や爪、拳はもちろん、今度は硬質な尻尾まで使って手数を増やす。

さすがのクロアも、尻尾の攻撃が増えたことによって、かなり厳しそうな表情を浮かべた。ギリギリのところで受け流してはいるが、さっきより押され気味だ。

けど、完全に押されてはいない。攻撃を掻い潜っては、いくつか攻撃を与えている。

そんな一連のやり取りを見ていたウィエルは、呆然としていた。

「なんですか、あれ……？　たった一ヶ月で、本当にバハムートとやり合ってる……？」

洞窟内は絶対に壊れない。そういう魔法が施されている。

わかっていても、二つの化け物の衝突は洞窟すら破壊しそうなほどだ。

しばらくの間は拮抗していたクロアとバハムートの攻防。

だが、それもすぐにバランスが崩れ……先に体力切れを起こしたのは、クロアだった。

「うっ、ぐっ……！」

「■■■■■■■■■■■■■■■■■■■■■■■■■■■■■■■■■■■■■
■■■■■■■■■■■■■■■■■■■■■■■■■■■■■■■■■■■■■■
■■■■■■■■■■■■■■■■■■■■■■■■■■■■■■■■■■■ツッツ
ーー！！！」

　バハムートの連撃は止まらない。次第にクロアは防戦一方になった。

「クソッ、鍛えたつもりだったが、まだ体力に課題が残っているのか……！　うぃ、ウィエール！　ウィエルさーーーん！　ちょっともう一回鍛えてくるんで、転移させてもらっていいですかーーーー!?」

「……へ？」

　クロアの嘆願に、ウィエルは思わず放心してしまった。

　けど次第に、そんな状況が面白くて、おかしくて……笑いがこみあげて来た。

「……ぷっ。ふ、ふふっ……あはははは！」

　変な人。でもそれ以上に、面白い人。笑わずにはいられなかった。

　こんなに笑ったのはいつぶりだろうか。最高の気分だ。

「ふふ。さっきは頼んでないって言ったのに、今回は頼むんですか？」

「それとこれとは話が違うだろう!?　頼むっ、このままじゃ死……！　あ、もう限界！　本当に死ぬ！　死んでしまう！」

「はー……わかりました」

ウィエルは手をクロアに向けると、転移の魔法を発動。クロアの体が淡い光に包まれる。

転移する直前、クロアがウィエルに親指を立てた。

「じゃ、また！」

「！　……ええ、また」

クロアの体が姿が跡形もなく消える。目標を見失ったバハムートも、息を荒くしながらも落ち着きを取り戻した。

あれだけクロアから受けたダメージも、次の瞬間には全快している。相変わらず、とんでもない生命体だ。

しかしウィエルの興味は、もうバハムートにはない。

「また、ですか……ふふ。また……また……♪」

どれくらい先になるかはわからない。

でも、またあの人に会える。

それが嬉しく、心躍った。

◆

「そうそう。それでコルトが俺の後ろばかり付きまとうもんだから、陛下が拗ねてさ」

「まあ。可愛らしいですね、コルトくんという方は。一度お会いしたいです」

「ああ、できるさ」

洞窟の中にこだまするクロアとウィエルの笑い声。

二人の間にほのぼのとした空気が流れている。

が。

「■■■ッッッ——！！！！」

バハムートはまだ健在で、ずっとクロアへ向けて攻撃を放っていた。

だがクロアはその尽くを避け、弾き、その上でウィエルとの雑談もしている。傍から見ると異質な光景だろう。

もちろん、クロアからも攻撃はしている。

バハムートの動体視力でも認識できないほどのスピードで放たれた拳は、避けきれず腹部を深々と抉った。

バハムートが口から紫色の血を吐く。感覚もかなりよかった。どうやら、深くまでダメージが浸透したようだ。

ウィエルと出会って、一年。クロアは一ヶ月間死ぬ気で修行をすると、その集大成を見せるかのように、必ず一回はここに訪れていた。

バハムートと戦い、自分の至らないところがあれば一ヶ月かけて鍛えまくる。

それを繰り返すこと、十二回。

今クロアは、一年前とは比較にならないほど逞しく、大きくなっている。それこそ、バハムートと戦いながら雑談ができるほどに。

「■■……■■ッッッ――！！！！！！」

痺れを切らしたのか、バハムートが今までにない規模の龍の閃光《ブレス・レイ》を放った。

一回だけではなく、何度も、何度も放つ。

これをまともに受けるのはまずい。

迅速に判断したクロアは、標準を合わせると……。

「ふんっ！」

蒼炎の閃光が放たれるのに合わせ、高速で拳を振るった。

今までは避けるしかなかった閃光だが、クロアの拳を中心に真二つに割れ、背後の洞窟の壁を深々と抉り溶かした。

すべての龍の閃光《ブレス・レイ》を拳で粉砕する。

肝心のクロアの拳から煙は上がるが、傷一つ付いていない。まったくの無傷だ。

「熱いな」

「■■ッ!?」

今まで怒りの表情しか見せてこなかったバハムートが、僅かに驚愕の表情を見せた。

「今のは、バハムートの気持ちがわかります。龍の閃光《ブレス・レイ》を受けて熱いですむその体、どうなっているんですか」

「鍛え方が違うからな」

「は？」

今まで「クロアさんだからな……」ですませてきたウィエルも、さすがに口が悪くなってしまった。そうなるのも仕方ないだろう。

クロアは手を振って煙を消すと、バハムートへ向けて跳躍。あまりの速さにバハムートも反応しきれていない。

深く息を吐き、拳を固めると、思い切り顔面へと振るった。

轟音とともにバハムートが吹き飛ぶ。壁へと激突し、洞窟内が大きく揺れた。紫色の鮮血が舞い、一本の牙が折れてクロアの傍に落ちる。

「む？　いい牙だ。せっかくだし持って帰るか」

牙だけで二メートルはあるだろうか。重量感もあるし、何より硬質だ。バハムートの牙となれば、どんな武器にも応用が利きそうである。

牙を邪魔にならない場所に投げ飛ばし、首関節をゴキっと鳴らした。

「さて、と。もうそろそろいいか」

「■ッ……■■■ッ……‼」

口の端から血を流しているバハムート。

相当効いているのか、眼光にも力がない。だが闘志はなくなっていないみたいで、立ち上がって戦おうとしている。

そんなバハムートに向かって背を向け、洞窟の壁に立てかけていたあるものを持ち上げた。

布に包まっているが、クロアの身の丈を超えるほどの、巨大な何か。

遠いからか、ウィエルが見ても、形状が把握できない。大剣だろうか、大斧だろうか、大鎚だろうか。

巨大な何かを肩に担ぎ、ゆっくりとバハムートへ近付いて行った。

まだ構えていない。巨大な何かを持っただけなのに、クロアの存在感と戦闘力が跳ね上がった……そんな気がする。

バハムートも感じ取ったのか、脚が僅かに下がった。

「バハムート、お前のおかげで俺に足りないものを認識し、鍛え直すことで、強くなれた。礼を言う。ありがとう」

「■■ッ……！」

「そんなお前だからこそ、俺の真の一撃で葬る。これは手向けだ」

クロアが武器を掲げる。

その拍子に布が剥がれ、武器の全貌が明らかになった。

でかい。あまりにもでかすぎるそれは、長さだけで見れば三メートルはあるだろう。常人なら持ち上げることすらできない。

クロアはそれを大きく振りかぶり、力を込める。

そして――

◆現在◆

「そしてバハムートを倒し、封印の魔法を無理やり破壊して、私を連れ出してくれたんですよね。本当、あの時のあなた、かっこよすぎました。痺れましたよ」

「今は？」

「もちろん、今も」

当時のことを語り合い、二人は見つめ合い笑う。

あんなこと、誰にも話せない。話したところで、誰も信じないだろう。ましてやバハムートなんて、伝説上の怪物だ。

特にミオンは、おとぎ話が好きらしい。そんな子にこんな話をしたら、嘘つくなと怒られてしまう。

どこからかいきなり現れて、いつの間にか消えて、そして……。

「――ん？」

と、そこで違和感に気付いた。

バハムートは、伝説やおとぎ話では、天から生まれたドラゴンと言われている。天が光り、直後に現れたのが、バハムートだ。

天。それは空間だ。何もない空間から、突然生まれた。

これ、どこかで聞いた話と同じみたいだ。いったい、どこで聞いたんだろうか。つい最近のことだと思うが……。


『極まれに、二つの世界が交わって生物が行き来することがあるらしいのだ。あの壁画に描かれた怪物は、その際にこちらの世界へやって来た』


（あ）

そうだ。昨日ネプチューンと話していた、あれと同じだ。

点と点が線で繋がった瞬間、違和感が少しずつ現実味を帯びて来たような感覚に陥る。

クロアのただならぬ様子に気付いたのか、ウィエルが心配そうにクロアを見上げた。

「あなた、どうかしましたか？」

「いや……バハムートのことを考えていた。奴は、もしかしたら異世界からこっちの世界にやって来た魔物なのかもしれない。可能性の話だが」

クロアが仮説をウィエルに伝えると、ウィエルは目を見開く。ウィエルの頭でも、すぐに点と点が繋がったようだ。

「なるほど……今まで思いもつかなかったですが、その可能性は十分にありますね」

「だろう？」

「ということは、今回異世界のひずみから感じた気配のあいつも、もしかしたらバハムート並みの怪物だということ……？」

「どうだろうか。バハムートは俺が戦った相手の中でも、最強レベルで強かったが……もしあれと同等の怪物がくると思うと、少し怖いな」

もしバハムートが異世界の怪物だとしたら、途方もない昔から、異世界とこっちの世界はひずみで繋がっている可能性がある。

あんな最強レベルの強さを持つ怪物が、またやってくる。そう考えると、うかうかしていられない。

それに、昨日感じたあの気配の巨大さを思うと、恐らくバハムートより巨大だろう。いや、今まで戦ってきたどの魔物より、巨大かもしれない。

「強さはバハムート並み。そう考えて備えておいた方がよさそうだな。……一旦城に戻って、ネプチューンと要相談だ」

「ですね。転移魔法を使います」

「頼む」

ウィエルがクロアの手を取って、足元に転移魔法の魔法陣を展開する。

直後、一瞬にして目の前が暗転。

すぐ明るさを取り戻すと、広い草原が目の前に広がった。すぐ向こうから、ネプチューンとサエラが慌てた様子でこっちに近付いてくる。

今までにないほどの慌てようだが、何かあったのだろうか。

「ネプチューン、どうした？」

「く、クロアっ、大変だ……！　あのっ、えと、あばっ……！」

「落ち着け」

そんなに言葉に詰まられると、何を言いたいのかまったくわからん。

ネプチューンがばたばた、あわあわしているのをよそに、サエラが困ったように手を頬に添えた。

「実は、トーラスさんとミオンさんがどこかに行ってしまったのです。本当、どこに行ってしまったのやら……」

「なんだと……？」

確かミオンは、今日はトーラスと遊ぶと言っていた。

トーラスは一国の王女。勝手に外には出られないだろうから、城内にいるとは思うのだが……

辿ってみるか。

クロアも第六感を駆使して、気配探知で城内を探すが……確かに感じられない。城がでかすぎるのもあり、隅々まで探知はできないが、ここまで痕跡がないのは怪しい。

隣にいるウィエルに目を向けると、ウィエルも困り顔で首を振った。

「探知魔法にも引っ掛かりません。お城の中にはいないのでは？」

「あ……それなら、街に出たのでは？」

ウィエルの言葉に、サエラが思い当たる節があるのか、そんなことを呟いた。

「街だと？　なんで街なんだ？　トーラスは一国の王女だろう。さすがに無断外出で街には行かないんじゃないか？」

「あの子、私たちには内緒で、たまに城を抜け出すんですよ。何度も叱ってはいるんですけど、言うことを聞いてくれなくて」

サエラの説明に、クロアとウィエルは納得した。トーラスの性格を考えると、ミオンに街を紹介するため、城を抜け出すのは考えられる。

ディプシーは広い。深海ならではの進化を遂げた文明というのもあるし、そういうところを案内してもらっているのかもしれない。

が、ネプチューンはかなり慌てているみたいで、あからさまに動揺していた。

「ネプチューン、何もそんなに慌てることはないんじゃないか？　トーラスは強いし、ミオンちゃんも並みではない。心配するだけ、杞憂《きゆう》というものだぞ」

むしろ、二人に絡んだ相手の方が心配だ。可哀想になってくる。

まだ見ぬ輩たちに同情していると、ネプチューンは首を横に振った。

「違う、違うんだ。お前も知っているだろう。我には水域探知が生まれながらにして備わっている。水域内であれば、どこに何がいようと、この世界中で我に掴めないことはない。ないのだが……その水域探知にすら、気配がまるで掴めないのだ」

ネプチューンの言葉を聞いて、ようやく納得した。確かに、ネプチューンは水域探知の魔法を使える。それにすら引っ掛からないのは、異常事態だ。

事の重大さに頭痛を覚えていると、サエラがそっとため息をついて城の向こう側を見つめた。

「実は、こうして隠れること自体、初めてではないんです。私たちの娘ということもあって、トーラスさんは探知魔法をかいくぐる魔法を使えるみたいで……」

「そう、そうなのだ……！　前に一度、それで国中が大騒ぎになったことがある。その時は、ただ城の中で寝ていただけなのだが……もしあの子たちに何かあったら、我は……！」

なるほど、だからウィエルの探知魔法にも引っ掛からないのか。しかも自分だけでなく、ミオンにも付与したというのは恐れ入る。

「あなた、探知妨害魔法は、魔法界の中でも最高難易度の魔法になります。私でも、魔法で見つけるのは不可能です」

ウィエルでも不可能となると、魔法での探索は不可能か。

「事情はわかった。でも魔法が発動しているということは、生きているってことだろう。何もそこまで心配することもない」

生きているなら、腹が減ったらひょっこり現れるはずだ。

それにこれが初犯ではないのなら、トーラスのいたずらかもしれない。気にしすぎるのも、親バカというものだ。

クロアの言葉に冷静になったのか、ネプチューンが落ち着きを取り戻した。

「そ、そうか。そうかもしれんな。これはいたずら、いたずら……いや、いたずらだとしても、心配なものは心配なのだー‼」

訂正。まったく冷静になれていなかった。

うおんうおん号泣するネプチューンを見て、サエラとウィエルが同時にクロアを見た。

「あなた、探しに行きましょう。ミオンちゃんも心配ですし」

「クロアさん、どうかお願いできますか？」

「……はぁ。わかった。なら、俺とウィエルは街に行く。ネプチューンとサエラは、もう一度城内を隅々まで探してくれ」

異世界の怪物に関しては、後ででも問題ないだろう。そんなにすぐ現れることはないだろうし。

……多分。

クロアはウィエルを連れ、再び街へと繰り出した。

もちろん、ウィエルが迷子にならないよう、細心の注意を払って。

◆ミオン・トーラス◆

遡ること、半日前。

クロアとウィエルを送り出したミオンは、その足でトーラスのいる場所へ向かっていった。

トーラスの気配はわかりやすい。広すぎる城でも、どこにいるのかはっきりわかる。

迷路のような廊下を歩き、階段を上り、下り、また上り、ぐるりと回って進み……着いた。トーラスの私室だ。扉に『♡とーらす♡』と書かれたネームプレートまで下げられている。

ミオンは少し緊張しながらも、扉をノックした。

「合言葉を言え」

「……かわ」

「余」

なんのやり取りなんだろうか、これは。

不思議に思っていると、扉が開いてトーラスが出て来た。相変わらず、際どい格好をしている。

同性のミオンですら、色香にくらくらするほどだ。

「待っておったぞ、ミオン！　さあ、遊ぼう！」

「朝から元気だね、トーラスちゃん」

「同年代のお友達と遊ぶのは初めてだからな！　元気もみなぎるというものだ！」

トーラスはミオンを抱っこすると、有無を言わさず部屋に連れ込んだ。さすが王族というべきか、部屋の中は可愛らしくも、気品あふれている。……クロアの等身大デフォルメ人形が置いてあるのは、とりあえず無視の方向で。圧が半端ではない。なぜだか、ずっと睨まれている感じがする。

「同年代って、トーラスちゃんの方が年上なんじゃないの？　私、十六歳だよ」

「魚人族は長命なのだ。余は年齢こそ上だが、人族でいうところの十八歳くらいだぞ。ぴっちぴちのぎゃるなのだ」

「ああ、なるほど」

その感覚はよくわかる。兎人族も、人族より長命だ。寿命は大体二百歳くらい。天敵に食べられないよう、成人するまでは人族と同じように成長するが、そこから老いるまでが長い。魚人族も同じような感覚なのだろう。

ミオンをまるで人形のように抱きかかえたまま、トーラスはベッドに腰かけた。

ホテル・グランドアクレアナで人間用のクイーンサイズベッドには寝たことはあるが、これはトーラス専用らしく、あまりにも巨大だ。家が二軒くらい建っても問題ないくらい広い。広すぎだろう。

「おっともっだち♪　おっともっだち♪」

友達と遊ぶのが相当嬉しいらしい。トーラスは謎の歌を口ずさんで、ずっとご機嫌でミオンを抱っこしていた。

「トーラスちゃんって、友達いないの？」

「む、失礼な。お友達くらいおる」

「だ、だよね、ごめん」

さすがに失礼すぎたか。突っ込みすぎたことを反省していると、トーラスが部屋の隅に置いていた人形をいくつか手に取った。

トーラスの大きさだから、人形もそれなりにでかい。ミオンと同じサイズのものまである。

「この子がネイちゃん。余の一番の親友で、なんでもお話を聞いてくれる猫人族の女の子だ。こっちの子はマイヤちゃん。ネイちゃんの双子のお姉ちゃんで、面倒見がいい。余のことも可愛がってくれる。そしてこの子がゼーノくん。人族でマイヤちゃんのことが好きだが、奥手な子なのだ。あとこっちの子は、狼人族のカガリちゃん。みんなをまとめるリーダー的な子だ。ゼーノくんに恋をしているが、つんでれでかわいい子なのだぞ。そしてこの子がだな……」

ひとつひとつ、丁寧に紹介してくる。まるで、友達を紹介するみたいに。

なんとなく早口だし。目に光りがないのは気のせいだろうか。

自分の好きなものなら熱弁する気持ちはわかるが、さすがのミオンも察してしまい、顔が引きつる。

「あの……トーラスちゃん。お友達ってまさか……？」

「うむっ、この子たちだぞ」

自信満々に、人形たちをミオンの前に置く。しかも裏声まで使って「コンニチハ、ハジメマシテ」と挨拶までしてきた。

何がとは言わないが、筋金入りだ。若干の恐怖を感じる。

ミオンは人形たちと握手をすると（当然だが、トーラスが動かしている）、不意にトーラスが寂しそうな顔をした。

「余は、王族として生を受けた。王族として育てられ、次期女王として日々修練を積んでいる。もちろん嫌ではない。余も楽しんでいるし、この生活以外は考えられない。……しかし、たまに思うのだ。街の娘たちみたいに、気兼ねなく、友達と思いっきり遊びたいと……」

窓から城下町を眺める目は、憧れと悲しさが入り混じっている。

トーラスの気持ちは、ミオンには計り知れない。気軽に、わかるだなんて言えない。

どう声をかけていいか悩んでいると、トーラスはにぱっと華やかな笑みを浮かべた。

「しかし今日は違うぞっ。余と対等に接してくれる人間は、本当に久しぶりだ！　今日はとことん遊ぶぞ！」

「……だね。うんっ、遊ぼう！」

今のミオンにできるのは、彼女と遊ぶことだけ。それしかできないのは歯がゆいが、それでトーラスの寂しさを消せるなら、どこまでも付き合おう。

「それじゃあ、まずは何をして遊ぶ？」

「ふむ、そうだな……城内を案内するのは簡単だが、城なんてどこを見ても変わらぬし、つまらん。なら街を案内するか……あっ、そうだ！　余のお気に入りの場所へ案内するぞ！」

「お気に入りの場所？」

「うむ！　さあ、準備だ！」

トーラスは壁に立て掛けていた槍を手にすると、それを大きく振るう。まるで槍を使った、舞踊のようだ。

（綺麗……）

踊る度に、槍の先から伸びる白色の光りが、帯のように広がっていく。幻想的で、神秘的な光景だ。

光りと舞踊の美しさに見惚れていると、帯はトーラスを包み込み、体に溶けていく。

同時に、ミオンの体にもまとわりつき、同じように溶けていった。

特に体に変化はない。しかしトーラスから感じる気配が、まったくしなくなった。目の前にいるのに、存在感が希薄になったような感じというべきか。

「今の、魔法ですか？　初めて見る魔法ですが……」

「うむ、魔力探知と気配探知を無効化する、探知妨害魔法だ。これから行く場所は、ばれたら父上とクロアに思いっきり怒られるからな。怒られないための措置だ」

怒られたくないのなら、行かない方がいいのでは？

そんな疑問が浮かんだが、クロアとウィエルにばれずに秘密の場所に行けると思うと、誘惑の方が大きい。ばれないなら怒られないはず。……はず。

「ミオン、準備はいいか？」

「……う、うん。大丈夫……！」

「よしっ。では行くぞ！」

トーラスがミオンを抱き上げると、窓を開け放って槍を真上に掲げる。

直後、槍の先から水が現れ、渦を巻くようにして円盤状に変化した。円盤状の水が、ミオンたちが乗るのを待つように、宙に漂っている。

トーラスが空飛ぶ水に飛び乗ると、ミオンをそっと下ろした。水上歩行の魔法も必要としないらしい。何もしていないのに、普通に立てる。

「す、すごい……」

「この程度、できて当然だ。何せ余は、この世のすべての水の支配者、ネプチューンの娘なのだからな。さあ飛ぶぞ。しっかり掴まっておるのだ！」

再び槍を振るうと、ミオンたちを乗せた円盤は上空へ向かって飛ぶ。

人生で初めての感覚に、少しだけ脚が竦む。

けど、それ以上の絶景に、ミオンの目は引き寄せられた。

七色に光るサンゴによって、煌びやかに輝く街並み。昨日来た時も見たが、美しい光景は何度見ても美しい。

心惹かれる光景を眺めていると、再びトーラスは槍を振るった。

今度は水色の光りの帯だ。さっきと同じように、今度はミオンだけを優しく包み込む。

「トーラスちゃん、次はなんの魔法？」

「水中呼吸魔法と、防御魔法だ。これから泡を突き抜け、外に向かうぞ」

「へえ、外に……」

……………………………………ん？

「へぁ!?　ちょ、だだだダメに決まっているでしょう！　勝手に出たら怒られるし、出るにしてもちゃんと正面から出た方がいいって！」

「平気だ。この泡は余たちが通るくらいじゃ弾けない。何度も試したから、大丈夫だぞ。それに正面から出ようとしても、衛兵に止められるのが落ちだ」

当たり前だ。一国の王女が、護衛もつけずに一人で外に出るなんて、どうかしている。話から察するに初めてではないみたいだけど、いくらなんでも無鉄砲がすぎる。ある意味で自由奔放なのかもしれないが、それにしたってやっていいことと悪いことがあるだろう。

それに、今はまずい。クロアから、この海域で異世界とのひずみが発生する可能性があると教えてもらったばかりだ。

もし、異世界の怪物と鉢合わせなんてしたら……。

考えるだけで恐ろしい。クロアが警戒するほどだから、ミオンなんか一瞬で殺されてしまうだろう。

逃げ足には自信はあるが、それは地上でのこと。海中で逃げるのは無理だ。

どうにかしてトーラスを説得して、引き返らせようとする——が、一足遅く、ミオンたちを乗せた円盤は泡へと激突。ちょっとした抵抗を感じたが、すり抜けるようにして泡の外へ出てしまった。

トーラスの魔法のおかげで、呼吸はできる。水圧も感じない。

しかし暗闇には変わりない。ディプシーから漏れ出ている淡い光りで辛うじて自分たちの姿は見えるが、上も左右も、深い闇が広がっている。

少しだけ恐怖を感じ、ミオンはトーラスのスカートを少し掴んだ。

「お？　なんだミオン、怖いのか？　愛い奴よなぁ」

にやにや顔が腹立たしい。煽られているみたいだ。

「深海なんてまだ慣れてないんだから、怖くて当然でしょ……！　そ、それにね――」

「まあまあ。これを見れば、怖さなんて消し飛ぶであろう。ほれ、こっちだ」

トーラスが先を泳ぎ、ミオンも後からついていく。なんとか止めないと、取り返しのつかないことになってしまう。

「あっ……！　もうっ」

だが、あまりにも速い。速すぎる。ミオンが身体強化魔法を使い、ほとんど全力で泳いで、ついていくのがやっとだ。

それに対してトーラスは優雅に、ゆったりした動きで脚を動かしているのみ。魚人族だから、泳ぐのは得意というのは想像していたが、想像以上だ。

体感時速は三十キロ。恐らく魚人族からしたら、これでも全然速くないのだろう。

ミオンがきつそうにしているのに気付いたのか、トーラスは少しだけスピードを落として並走した。

「ミオン、大丈夫か？　スピード落とすか？」

「だ、大丈夫……！　で、でもね、トーラスちゃん。実はこのあたりで――」

「あと、たった一時間くらいだ。さあ行くぞっ。頑張れ、ミオン」

このスピード感で、あと一時間。

体力的に泳ぎ切れるか不安ではあるし、異世界のひずみについても説明できていない。

（あーもう！　話くらい聞いてよ……！）

気合いを入れ、トーラスの後を追って行った。


約一時間後。トーラスが減速し、ミオンもようやくスピードを緩める。

海中だというのに、全身から汗が噴き出るような感覚がする。それに体も熱い。海水の冷たさなんて気にならないほどだ。

「だ、大丈夫か？」

「ぜぇっ、ぜぇっ、ぜぇっ……！　だ、だいじょ……うぇっぷ……！」

「す、すまん、大丈夫なはずないよな。友達と一緒に泳ぐなんて初めてだから、つい調子に乗ってしまった」

サラッと悲しいことを言われたが、今は早鐘のように高鳴る心臓を落ち着けるのに、精いっぱいだ。

トーラスが出してくれた水を飲み――海中でも真水と分離しているのは、どういう原理だろうか――、深呼吸を数回すると、ようやく気持ちが落ち着いてきた。

「ふぅ……お待たせ、トーラスちゃん。もう大丈夫」

「そうか？　帰りはもっとゆっくり帰ろうな。それはそうと……ほれ、見えて来たぞ」

「え？」

トーラスが槍を向けた先を見る。

まだ遠い。けど、そこに広がっていたのは、想像を超えるほどの光景だった。

見渡す限り、大小様々な七色のサンゴ。それらが、深海だというのに淡い光りをまとい、暗い深海を照らしていた。

例えるなら、花畑というべきか。大きいものだと、ネプチューンより巨大なサンゴもあれば、手の平サイズのかわいいものもある。

そこに集まる、姿形が様々な深海の生物たち。ちょっと気持ち悪い魚類もいれば、色鮮やかなものもいる。

まるで深海の楽園のような場所だった。

「すごい……こんなに綺麗な場所が、深海にあったんだ」

「ふっふっふ、すごいだろう。ここはサンゴ畑と言って、広い海と言えどなかなかお目に掛かれるものではない。魚人族でも、サンゴ収穫師しかここには来ないのだ。ここはクロアとウィエルですら知らん。恐らく地上の人間の中では、ミオンが初めて見ただろうな。人類史上初を名乗ってもいいと思うぞ」

人類史上初。

なんという甘美な響きだろうか。誰も知らない、未発見のものを見つける、これこそ、冒険の醍醐味というものだ。

「ここのこと、地上の仲間に話しても大丈夫？」

「もちろんだ。誰に話そうと、ここに辿り着ける地上人なんてそうそういないからな。荒らされる心配もないだろうから、問題は――」

その時。急にトーラスが、サンゴ畑の向こう側へ視線を向けた。

明らかに、警戒心が高くなっている。眼光も鋭く、敵意のようなものを向けていた。

「トーラスちゃん……？」

「……何か、向こうにいる。巨大な何かが」

トーラスの言葉に、ミオンも警戒心を高め、気配探知と探知魔法を同時に使う。が……何も、感じない。ミオンが感じることができないくらい遠くにいるのだろうか。だとしても、何も感じられなさすぎる。

「何もいないような……？」

「いや、いる。存在感や気配は微塵も感じられないが……イメージとしては、形がそこにある感じだ。近いぞ。すぐそこにいる」

どうやら、ミオンを驚かせようとしているわけではないらしい。本気の声色と視線だ。

ミオンは深々と息を吐いて、耳と目に魔力を集中し、僅かな情報でも得ようと眼前にいるであろう何かに集中する。

静寂が場に漂う。緊張によって、自分の鼓動や呼吸すら煩わしく感じるほど、何かに集中したのは初めてのことだ。

無音の中の音が聞こえる。

緊張感がピークに達した……次の瞬間。ミオンの耳に、何かが擦れるような音が聞こえた。

今まで聞いたことがない、気持ち悪い音。まるでぬめぬめした粘着性のあるものを引きずっているような音とでも言えばいいのだろうか。

しかし、音の出どころが曖昧だ。

これは……前じゃない。——上だ。

「ッ！　と、トーラスちゃん、あれ……！」

「……なんだ、あれは……？」

暗闇の中、ぼんやりと浮かび上がる、謎の球体。それが蠢《うごめ》き、口のようにぱくぱく開いては閉じる。

あまりの異質さに、ミオンは恐怖心よりも嫌悪感を覚えた。

多分だが、トーラスも同じ気持ちだろう。

そして気付いた。気付いてしまった。

球体を中心に、十本の触手のようなものが伸び、サンゴ畑をドーム状に囲っていることに。

そして自分たちは……その中心にいることにも。

第四章

異世界の怪物

ミオンとトーラスの二人は互いに顔を見合わせると、どちらともなく動き出し、慌ててサンゴ畑へと下りて行った。

巨大なサンゴの陰に身を潜めて、改めて巨大なそれを見上げる。

向こうはこちらに気付いていないらしい。口のようなものを動かし、ただそこにいるだけだ。

どうやら、探知妨害魔法が役立ったみたいだ。

だがしかし、こちらも向こうに気付かなかったのが問題だ。

あまりの巨大さに気付かなかったと言えばそれまでだが、あれは、気配探知と探知魔法の両方に引っ掛からなかった。

いくらミオンの探知能力がクロアとウィエルより劣っているとはいえ、こんなに近くにいるのに気付かなかったなんて、今までになかった。

奴から隠れるよう、息を殺してトーラスのスカートを握る。

「な、な、なんなのあれ……！　あれ何……⁉」

「し、知らんっ。あんなの、見たことも聞いたこともないぞ……！」

ミオンはともかく、海に住むトーラスですら、あんな怪物を見たことがないらしい。

ということは、間違いなくこの海に生息している生物ではない。……いや、そもそもこの世界のものではないのかもしれない。

　つまり……。

　喉に絡みつく生唾を飲み込み、恐怖をはらんだ表情でアレを見上げる。

「ま、まさかあれ……異世界の、怪物……!?」

「な、なんだそれは。ミオン、何か知っているのか？」

　どうやらトーラスは、異世界の怪物については何も知らされていないらしい。それもそうだ、もし知っていたら、国の外には出なかっただろう。

　かいつまんで、クロアから聞いたことをトーラスにも説明する。

　異世界の怪物のことや、それらが通ってきたであろうひずみのことを説明すると、トーラスは目に見えて動揺した。

「ど、どうして止めてくれなかったのだ……!?」

「止めようとしたよっ、トーラスちゃんが話を聞いてくれなかったんじゃん……！」

　軽く睨み合い、小声でいがみ合う二人。

　だがすぐにそれも無駄だと悟り、ほとんど同時にため息をついた。

「とにかく……多分だけど、あれは異世界の怪物だと思う。こっちの常識が通用しないから、気配探知や探知魔法にも引っ掛からなかった。だから、ここまで近付いてもでかすぎて気付かなかったんだよ、きっと」

「ということは、父上やクロアたちも、こいつがここにいることには気付いていないのではないか……!?」

「多分」

もし気付いていたら、今頃ウィエルの転移魔法で、こいつを討伐しに来ているはず。

恐らくだが、自分たちと同じように、目には見えるけど存在を消しているのだろう。だからこの怪物も、ミオンたちの存在に気付いていないのだ。

ここで探知妨害魔法を解除したら、あの怪物もミオンたちに気付いてしまうはずだ。

あんな巨大な怪物相手に、戦うなんて無理だ。バレないのなら、バレないにこしたことはない。今は身を隠すことが最善だ。

「私たちにできることは、密かにここを抜け出して、なんとかクロア様たちへこのことを報せること。私はまだ転移魔法も念話魔法も使えないし、それしかないよ」

「よ、余もその辺は使えんからの……わかった。では、余が行こう。スピードには自信がある。ミオンはここで待っておるのだ」

「ありがとう」

様子を窺いつつ、トーラスが立ち上がる……と、二人に目掛けて何かが突進してくる気配を感じた。

二人揃って、反射的にその場を飛び退く。

直後、二人がいた場所に巨大な何かが突っ込んできた。

サンゴが砕け、海底の砂が舞い上がり、視界が悪くなる。

「トーラスちゃん！」

「こっちは平気だ！　来るぞ！」

――また突進の気配を感じ、ミオンは体を仰け反らせて避けた。

　歪だが、形状は魚だ。

　しかし角が生えていて、目がまばらに五つ付いている。生えている牙はどれも細く、不揃い。歯同士がこすれ合い、じゃりじゃりという不協和音を鳴らしている。

　初めて見る生物に、ミオンは僅かに嫌悪感を覚えた。

「トーラスちゃん、これは!?」

「知らん！　多分、あのでっかいのに付いてきたのだろう！」

　ということは、これも異世界の魔物ということか。

　大きさはミオンの半分ほどだ。魔獣としては普通サイズだが、あのスピードで角に貫かれたら、致命傷は避けられない。

　なら、ミオンにできることは一つ。

（殺《や》られる前に、殺《や》る……！）

　脚に魔力を集中。急激にUターンしてきた怪物に向かい、高速で蹴りを放つ。

　が、水の抵抗のせいで思うように蹴れず、怪物は簡単に避けてしまった。

　しかしその先では、トーラスが槍を手に待ち構えている。

「ハッ！」

待ってましたとばかりにトーラスが槍を突き出すと、怪物の角をへし折り、串刺しにして絶命させた。

血の色が青い。なんだか不気味だ。

「ありがとう、トーラスちゃん」

「気にするでない。海での戦い方は、余に一日の長があるからな」

トーラスは油断せず周囲を警戒する。

ミオンも周りを見るが、あれと同じ気配をいくつも感じた。

でも小さい上に、速い。総数はわからないが、多分二十ちょっといるはずだ。

ドーム状に広げられた触手の中だけを動き回っていて、遠くに離れようとはしない。それどころか、血の匂いを感じてか、こっちに向かってきている。

「まずいね。これじゃあ、うかうか隠れてもいられない」

「幸いだが、上のあいつはこっちに気付いていないみたいだぞ。チビ助たちのことは、気にしていないらしい」

確かに、サンゴが砕けたり、魚モドキが血を流しているのに、真上の怪物は微動だにしていない。ただ口のようなものを動かし、そこにいるだけだ。

「こうなったら、ミオンだけここに残していくわけにはいかん。なんとか、二人でこの場を乗り切ろう」

「わかった」

さっきの蹴りで、水の抵抗の感覚はわかった。なら、そのことを逆算して動けばいい。そうすれば、トーラスの足を引っ張ることなく戦える。

それに、肉弾戦だけが戦い方ではない。

全身の意識を集中していると、魚モドキがこっちへ向かってくるのが見えた。

トーラスと背中合わせで、死角をなくす。

「余がメインで戦うからな。ミオンは無理をしないこと。海の中での戦闘は、油断が命取りになるから」

「うん。お願い」

といっても、トーラスだけに任せるわけにはいかない。自分もできることをやる。

牙をじゃりじゃりとこすり合わせた二匹の魚モドキが、ミオンへ突進してきた。

「フッ……！」

スピードを見極め、一匹の角を鷲掴みにし、動きを封じる。

同時に、魔力を手の平に集中した。

「《ウィンド・カッター》！」

風魔法の基礎、《ウィンド・カッター》を手の平に発現。

次の瞬間、内側から弾けるように、一匹がずたずたに切り刻まれた。

同時に蹴りを、もう一匹に向かって放つ。寸前で避けられたが、つま先が体の側面に当たって爆散した。

海上歩行の魔法を学んでから、魔力コントロールが格段に上がっている。そのおかげで、身体強化魔法の精度も上がっているみたいだ。

その様子を見ていたトーラスが、同時に三体の魚モドキを蹴散らし、ドン引きしたような顔を見せた。

「蹴りが掠っただけで相手を爆殺するとは……ミオンはえぐい戦い方をするな。さすがは、クロアの弟子」

「あの人と一緒にしないで」

クロアは身体強化魔法なしでこれをやってのけるのだ。どっちが人外だなんて、議論する前に結果は見えている。

それに、クロアなら相手に逃げる余地すら与えないだろう。

強くはなっているが、驕ってはいけない。

ミオンは自戒し、さらに迫ってきた魚モドキに向かい魔法を放つ。

本当なら、ウィエルの許可なしに魔法を使うのは許されていない。だが、今は緊急事態。そんなこと言っていられない。

再び《ウィンド・カッター》を発動させた。

魔力コントロールは上がっているから、魔法の発動速度は上がっている。けど、魔法コントロールが下手すぎて真っ直ぐ飛ばない。ことごとくが外れた。

「魔法は下手だな」

「う、うるさいっ。魔法を撃つ修行はまだやってないの……！」

「目に頼るな。気配を頼りに、相手と自分を繋ぐ線をイメージするんだ。このように」

トーラスが体を捩じるようにして槍を引く。同時に、槍に渦を巻くように魔力が溢れた。

魔力は周囲の海水を巻き込み、渦を巨大化させる。

渦を巻き、凝縮された海水は巨大な槍のように鋭さを増す。

そして……放った。

「《スパイラル・ボルテックス》！」

槍を突き出すと同時に放たれた渦は、まるで天高く昇る龍のように蠢き、七匹の魚モドキを貫いてミンチにした。

今の攻防で、半数も倒した。とんでもない威力と魔法コントロールだ。

「気配さえ掴めたら、無理にコントロールすることはない。気配の位置に魔法を置いてくるのだ。そうすれば、たった一つの魔法で複数の敵を倒せる」

「気配の位置……」

そこで気付いた。そうか、だからウィエルは、先に探知魔法を教えたのだと。

探知魔法をマスターしたら、魔法コントロールもおのずと高まる。魔法というのは、教える順番があるのだと察した。

高速で動く魚モドキの位置を、魔力探知で把握する。

近くに一匹。その近くにさらに一匹。

人差し指に魔力を集中し、魔法陣を展開。

手の平サイズの小さな魔法陣で、複雑な紋様が刻まれている。

魔法陣を壊さないよう、込める魔力量を上げていくと、魔法陣が白色に発光した。

これはウィエルに教わった魔法の中で、ミオンが使うことができる最速の魔法だ。

探知魔法で相手の居場所と動きを予測し――放つ。

「《マギ・レーザー》！」

白色の光線が、高速で動く魚モドキを追うようにして動き、穿つ。

一匹の魚モドキを貫いた《マギ・レーザー》は、今度は直角に曲がり、逃げるもう一匹を貫いた。

なんてことはない、ただ魔力を圧縮させた光線だ。だが、圧縮すればするほど威力や貫通力、スピードが上がる。

魔力コントロールを高めたミオンにとって、今使える魔法の中では最善で最強の魔法と言っていい。

初めてにしてはうまくいった。

ミオンが安堵の息を吐くと、トーラスが深く頷く。

「そう、そんな感じだ」

「慣れるまで時間が掛かりそうだね」

「だが魔法を極めるなら、避けては通れないぞ」

見ると、いつの間にかトーラスが残りの魚モドキを倒していて、敵の気配は完全になくなった。

今なら問題なくこの場を離れられる。

これ以上ここで暴れると、上の化け物に気付かれかねない。

「トーラスちゃん、早くここを離れよう。このことをクロア様たちに報せないと」

「…………」

「……トーラスちゃん？」

トーラスが上の方を見上げ、目を見開いている。

目の奥には、恐怖と諦めの色が渦巻いていた。

まさか……。

本能的に何かを察したミオンも、トーラスの視線を追うように上へ目を向けると——巨大な目が、こっちを見下ろしていた。

ギョロッと動き、まるで家畜を見るかのような目で、二人を見ている。

威嚇されているわけではない。殺意を向けられているわけでもない。

ほの暗い闇の向こうから、ただ見られているだけだ。

【死】そのものから見られているような感覚に、ミオンの本能と思考は『逃げ出す』以外のすべてを放棄した。

それなのに、動こうにも体が動いてくれない。

死への恐怖が、ミオンをその場に縫い付ける。

（やば、死ぬ。これ、死ぬ。動け。動け。動け……！）

死の本能に必死に抗い、脚に力を込める。

全神経と全魔力を脚に集中し、生き延びることだけに意識を向ける。

それでも動かない。いや、動けない。

クロアたちの修行のおかげで、少しは強くなれたと思っていた。

けど、それは間違いだった。

本物の【死】を前にして、自分がこんなにも非力だとは思わなかった。

（こ、このままじゃ……！）

「ミオン‼」

次の瞬間、金縛りが解けたのかトーラスが動きだし、ミオンの手を引いて超高速でその場を離れた。

巨大な目玉が再びぎょろりと動き、二人から目を離さない。

「■■■ッッ――！！！！！」

直後、海中を震わす咆哮が響く。振動が海中を伝って、ミオンたちの体を強く叩いた。

「ぐっ……！」

「が……!?」

咆哮によって、二人は本能的に身を怯ませてしまった。

その隙をつき、巨大な触手が二人目掛けて伸びる。

触手だけでもでかい。でかすぎる。絡めとられるどころではない。捕まったら、間違いなく圧死する。

触手に無数についている吸盤に、鋭い牙のようなものが見えた。

あんなものに捕まったら、骨までずたずたになってしまう。

来るであろう死の未来に、ミオンの体はまた硬直した。

「ぐううっ……！　捕まってたまるかァ!!」

しかしトーラスは、恐怖を振り払うように、全力で泳ぐ。が、触手はそれより速く動き、今にも捕まりそうだ。

ギリギリのところで触手を避け、包囲から抜け出る。

そこでようやく、怪物の全容が見えた。

白くぶよぶよした肌に、赤黒い斑点が見える。

それに加えて、八本の脚と二本の触腕。それだけじゃなく、八本の脚より細い無数の触手が蠢いていた。

しかしビジュアルは……間違いない。

それに真っ先に気付いたのは、肩に担がれているミオンだった。

「ッ！　これ、まさかイカ……!?」

「イカ!?　デカすぎるだろう！　常識を考えろ！」

「異世界の怪物に常識は通用しないって！　この！」

ミオンが迫ってくる触手に向けて、何度も《マギ・レーザー》を放つ。

だが触手に触れる直前、《マギ・レーザー》は何かに弾かれるようにして、霧散した。

「な!?　は、弾かれた……!?」

「今の弾かれ方、反魔法だ！　魔法がすべて弾かれるぞ！」

「そんなのあり!?」

こんな超巨大生物相手に、魔法を使わずに勝つなんて不可能だ。多分だが、クロアでも無理だろう。いくらなんでもでかすぎるし、相手が悪すぎる。

「ど、どうしようっ。このままじゃ捕まっちゃう……！」

「とにかく魔法を撃ち続けるのだ！　効かないにしても、気休めにはなる！」

トーラスに言われた通り、とにかく魔法を撃ちまくる。

だがミオンの魔力総量は少ない。あまり多く撃ちすぎると、魔力切れを起こしてしまう。そうなったら、完全にお荷物だ。

しかも気休めにもなっていない。焼け石に水とはこのことなのか、巨大イカは魔法を撃たれても気にしていないみたいで、構わず触手を伸ばしてきた。

「ええい、くそっ。『海よッ、守れ！』」

トーラスが手を掲げると、海が不自然な海流を作り、触手とミオンたちの間に渦の壁を作って行く手を阻んだ。

触手が触れても、渦の壁は消えない。僅かだが、触手の動きを止めた。

「これは……?」

「ただの海水だ。余はネプチューンの娘。魔力を使わず、海を自在に操ることくらい朝飯前だ。これなら反魔法で消されることはない」

「な、なるほど。……ッ、まずい！」

触手の変化に先に気付いたのは、ミオンだった。

先端が青白く発光している。間違いでなければあの発光は……《マギ・レーザー》だ。

「と、トーラスちゃん、回避！」

「何!?」

「■■ッッッ―――！！！」

巨大イカから放たれた《マギ・レーザー》は、渦の壁を貫きミオンたちへ迫る。

「ッ!?　し、《シールド》！」

ミオンが手を前にかざし、防御魔法を展開する。

半透明の障壁は、光線を食い止める。火花が散り、少しだけ《マギ・レーザー》の行く手を阻んだ。

　が、それも本当に一瞬のことで、すぐに粉々に砕かれてしまった。

　衝突する寸前でトーラスが身を捩り、ギリギリのところで回避する。

　二人を通過した光線は、遠くの巨大な岩石へ激突。轟音とともに爆発し、強い衝撃波が二人の体を叩いた。

　大噴火のような衝撃波によって、二人の動きが止まる。

「な、なんという威力……!?」

「私の魔法の十数倍の威力だよ、あれ……！」

　一度ウィエルから、お手本として見せてもらったことがある。正直、それに匹敵する威力だ。すべてにおいて、ミオンとトーラスより上。こんなの、逃げられっこない。

「ど、どうしようトーラスちゃんっ。本当、どうしよう!?」

「今考えておる！　あーくそっ、クロアたちがこっちに気付いてくれたら……！」

　苦虫を噛み潰したような顔になるトーラス。その通り、クロアとウィエルなら、これだけ離れていても気配や魔力を察知してくれるはず。

　しかし今の二人は、気配と魔力を完全に遮断している状態。だから巨大イカも視覚でしか二人を見つけられず、こうして辛うじて攻撃を防げている。

　もしこの魔法を解いたら、クロアたちは自分らを見つけてくれるだろう。

　しかしそれと同時に、巨大イカの攻撃も精度が上がる。

生きるか、死ぬか。人生最大の賭けだが、このままじゃジリ貧だ。

なら、生きられる可能性に賭けるしかない。

「トーラスちゃん、探知妨害魔法を解いて！」

「いいんだなっ、死んでも文句言うなよ⁉」

「もちろん！」

一瞬だけ、二人の視線がかち合う。

トーラスの目は覚悟を決めていた。

そして多分、自分も同じような目をしている。

ミオンの覚悟を受け取ったのかトーラスは小さく頷き、槍を構えて大きく振るった。

「探知魔法妨害――解除！」

同時に、二人がまとっていた白い光りが、ガラスが砕かれるような音とともに消える。

次の瞬間、巨大イカの反応が明らかに変わり、触手が伸びるスピードが格段に上がった。トーラスの泳ぐスピードより、断然速い。

「まままずいっ。追いつかれる……！」

（クロア様、ウィエル様……！）

眼前に迫る巨大な触手。

ミオンは祈るように二人の名前を心の中で叫び――メキョッ。

体が圧縮される感覚と同時に、嫌な音が頭の中に響いた。

…………………………………………。

「《蘇生《レザレク》》」

「「——ぶはっ⁉」」

一瞬だけ暗黒に染まった世界が、再び色を取り戻す。

体の感覚もあるし、あの嫌な音も聞こえない。

二人揃って呆然としていると、目の前に白いドレスを着た絶世の美女が下り立った。

天使のような微笑みと、悪魔のような形相が入り混じったような困り顔で、二人のひたいにでこぴんをする。

「まったく、探知魔法妨害を使って、こんなところにいるなんて……心配かけないでください。後でお仕置きですよ」

「ぁ……うぃ、うぃえるざまあああぁぁぁぁ～‼」

「うぃ、ウィエルぅ！　だ、だずがっだああああああ‼」

脇目も振らず、二人はウィエルに抱き着いて号泣する。

本当に死ぬかと思った。今回ばかりはダメかと思った。あのメキョッという音も、圧縮された感覚も、本当に圧殺されたとばかり……ん？

「あ、あの、ウィエル様。私たち、本当に死んでないんですよね……？」

「一度死にましたよ。それはもう、ぺちゃんこに」

「「え」」

「そして、復活させました」

「「え」」

「ごめんなさいね。ギリギリのところで間に合わなくて……で、でも安心してください。綺麗さっぱり復活させたので、体や魂へ違和感はありませんよ」

「「…………」」

　ミオンとトーラスは、あまりのことに呆然とする。

　まさか人生で、本当の死を体感することになるとは思わなかった。死を体感するなんて、人生で一度だけだと思っていたのに。

　もう二度とこんな馬鹿な真似はよそう。そう心に誓った、ミオンたちなのであった。

「……あれ？　ところでウィエル様。クロア様はどこに……？」

「ああ、はい。すでにネプチューンさんと一緒に、クラーケンの討伐に向かいましたよ。ほら、あそこ」

　ウィエルが指をさす先を見ると、トーラスが泳ぐより速く、二人の超雄が巨大イカに向かっていた。

　巨大イカのヘイトも、すでにあっちの二人に向いている。どうやら、ミオンたちよりあの二人を強敵と判断したらしい。

しかしトーラスは、ウィエルの発した名前に憶えがあるみたいで、目を見開いて巨大イカとウィエルを交互に見た。

「ま、待て、ウィエル！　今、クラーケンと言ったか⁉　伝説の悪魔と呼ばれている、あの大怪物の……⁉」

「そうですよ。魚人族のみに伝わる、最強最悪の悪夢と呼ばれた、あのクラーケンです」

クラーケンの名前に聞き覚えがなく、ミオンは首を傾げる。

トーラスが引きつった顔で、クラーケンを見て口を開いた。

「余が聴いた話では、こうだ。約九百万年前のこと。どこからともなく奴が海の底に現れ、魚人族は愚か、海にいる生物を食い荒らすという事件が発生したらしい。当時の海神が命と引き換えに奴を倒したと聞くが、我らはそれをおとぎ話でしか知らない。だから、作られた伝説とばかり思っていた」

「残念ながら、史実です。ですが、安心してください。今回は海神ネプチューンだけでなく、私の旦那様もいますから」

ウィエルが信頼しきった顔で、クラーケンに迫るクロアを見つめる。

今は、自分たちも二人を信じるしかない。

二人は祈るような気持ちで、二人の戦いに目を向けた。

◆

「ふむ……でかいな」

話は聞いていたが、想像以上の大きさだ。バハムートよりはるかにでかい。

でかいのは体だけじゃない。全身から発せられる圧と戦闘力も、バハムートに引けを取らないほどだ。

しかし、言ってしまえばバハムート並みということ。

もしあの時、バハムートを利用して修行をしていなければ、クロアと言えどこいつには勝てなかっただろう。

しかも今は、クロア一人ではない。

並走して泳いでいるのは、怒りの形相を浮かべているネプチューン。

怒りによって顔面がすごいことになっている。正直、クロアでも圧倒されてしまうほどだ。

クラーケンもその危険性を察したのか、高速でネプチューンに向かい触手を伸ばす。

「こ奴ァ……我らの可愛い可愛い可愛い娘たちを一度でも殺した罪、死を以て償え！　《デュアル・スパイラル・ボルテックス》‼」

ネプチューンが、泳ぎながら両腕をクラーケンに向かい突き出す。

左右両方の腕から放たれた超巨大な渦は、迫りくる触手を薙ぎ払う。反対方向へ回転している効果も相まって、ミキサーのように触手を粉々にした。

しかし、砕かれた触手の断面が泡立つと、超高速で再生する。その間、たったの数秒。これでは、いくら攻撃したところで致命傷にはならないだろう。

だが、攻撃をしないことには始まらない。

ネプチューンに続き、クロアも攻撃に打って出た。

クロアは片手の指をピンと伸ばし、迫って来た触手をもう片方の手で掴んだ。

超巨大怪物《クラーケン》との綱引き状態。常識で考えれば、一瞬も拮抗することなく引っ張られるのが落ちだ。

が、そんな常識が通用しないのがクロアである。

「むんっ――‼」

近くの岩場へ下り立つと、筋肉を膨らませ、触手を力の限り引っ張った。

「■■■■■ッ⁉」

クラーケンの巨体が、僅かにクロアの方へ引き寄せられる。まさか力負けするとは思っていなかったのか、クラーケンが驚愕に似た鳴き声をあげる。

その一瞬の隙をつき、クロアは手刀で触手の一つを斬り落とした。

斬り落とした先端だけでも、クロアほどの大きさもある。

「ははっ！　あんな化け物と綱引きをして勝つなんて、クロアはとんだ化け物だな！」

「馬鹿なことを言っていないで、とっとと片を付けるぞ」

試しにかじりついて咀嚼すると、目を見開いて飲み込んだ。

「食える。今日の夕飯はイカのフルコースだな」

「いや食うなよ」

「冒険者は、未知の生物ならなんでも食う。自己責任だが」

どうにかして食料を調達しないと、冒険先で死にかけることなんてザラだ。

狩ったら食べられるかどうか試す。それが冒険者の常識だ。当然バハムートもおいしくいただいた。

「ふはは！　やはりクロアは面白い奴だ！　我も負けてはいられんな！」

ネプチューンが身を捩り、トライデントを構える。

筋肉が膨れ上がり、さらに身を引き絞る。

全身から迸るオーラの圧が、一段階上がった。クロアですら、肌が粟立つほどの圧だ。

直感的にネプチューンから離れる。

ネプチューンの圧が海水を震わせ、渦を巻くように揺らぐ。

力を溜め、溜め、溜め……。

「――――フッ！」

直後、解放した。

トライデントを突き出した勢いと全パワーが槍の先端に乗り、ネプチューンとともに超高速でクラーケンへ直進していく。

解放した力によって、大激流のような潮流が発生。岩場に捕まり、クラーケンへ向かっていくネプチューンを見る。

泳ぐより断然速い。水中でさえ、残像が見えるほどのスピードだ。

「射殺せ、トライデント！　奴に風穴を開けろォ！」

ネプチューンの咆哮とともに、トライデントが黄金色の光りを帯びる。

クラーケンが無数の触手を使って、ネプチューンの行く手を阻もうとする。

しかし、音速に迫るほどの勢いは止められない。

暗闇を斬り裂く一筋の閃光が、ネプチューンを止めようとしてくる触手の網を穿ち、貫く。

一瞬にして、クラーケンの眼前まで迫った。

直後、クラーケンの胴体を貫通。巨大な風穴を開け、反対側へ突き抜けた。

普通の魔物や魔獣が相手なら、この一撃で勝負はついている。

だが、こいつは普通じゃない。異世界の怪物だ。

貫かれたクラーケンの胴体は、さっきの触手と同様すぐに塞がってしまった。どうやら生命力も、バハムート並みらしい。

怒り狂ったクラーケンは、ネプチューンに向かい触手を向けた。

触手の先に魔力が凝縮されていく。ウィエルから感じる圧ほどではないが、ここ最近感じた中で最大級のエネルギーを感じた。

「ネプチューン！」

「わかっておる！」

ネプチューンが、トライデントをぐるぐると回転させる。

回転が速くなるにつれて円盤状になり、周囲へ分厚い渦が生成される。

「■■■ッッッ――――！！！！」

クラーケンから青白い極太の閃光――《マギ・レーザー》が放たれる。ネプチューンすらまるまる飲み込むほどの光りだ。

が、ネプチューンは避けるそぶりも見せず、渦潮の盾で真正面から受ける。

激突した閃光と渦潮。

だが力は互角なのか、拮抗したまま動かない。

それどころか渦潮の威力が高まり、《マギ・レーザー》が渦の流れに沿って向きを変え、海上に向かって海の中を飛んでいった
「ふん。今更、我にそのような小手先の魔法が通じると思うな」

「馬鹿ッ……！」

「ッ！」

クロアがネプチューンの前に躍り出ると、上から落ちて来た《マギ・レーザー》を拳で殴り砕いた。

思った通り、ネプチューンは魔法の進行方向も操作できるみたいだ。

ウィエルができることだし、直感が当たった。

「油断するな。向かってくる魔法は消滅させろ」

「すまん。最近は魔法を使わないし、すっかり忘れていた」

それもそうか。ネプチューンはこの世のすべての水を操作できる力を持っている。

わざわざ魔力を消費して魔法を使う理由もないのだろう。

「父上、すごすぎ……」

「クロア様も……あんな化け物と、互角以上のパワー勝負をしていますよ」

ミオンとトーラスから、感嘆の声が漏れ出るのが聞こえる。

他人の戦闘を見て感心するのもいいが、自分たちの戦いから少しでも学んでくれると、師匠冥利に尽きるんだが……。

クロアは少し苦笑いを浮かべて、クラーケンへ接近する。

八本の脚と二本の触腕。それに数えきれないほど無数の触手が、二人に上下左右から襲い掛かる。

そんな単調な攻撃を、わざわざ受けるクロアたちではない。

引きちぎり、斬り裂き、貫き、薙ぎ払い。二人はまったく触手を近付けさせない。まさに無双状態だった。

だがこれは、クロアたちだからできる芸当だ。

ここにクロアたちがいなかったら、伝説通り今頃こいつは海域中の生物を食い漁っていただろう。

それほど、クラーケンの攻撃は熾烈を極めていた。

ネプチューンも同じことを考えていたのか、苦虫を噛み潰したような顔を浮かべる。

「確かにこれを逃がしたら、海が荒らされてしまうな……！」

「ああ。でもそれだけじゃない。下手をすれば、地上の生物にまで影響が出るぞ」

こんな超生物が、海だけに留まるとは思えない。

もし地上でも生きていられるなら、どれだけの国が滅ぼされるか、考えたくもない。

とにかく、ここでクラーケンを仕留める。

しかし、さすがのクラーケンも二人の異常な強さを認識したらしい。触手攻撃の激しさが、一段階上がった。

触手の数が尋常ではない。どれだけ捌いても、近付くのもままならないほどだ。

しかもそれだけじゃない。なんとクロアたちだけではなく、ウィエルたちの方にも触手が伸びていった。

思ってもいなかったのか、トーラスとミオンが慌ててウィエルの陰に隠れる。

「ちょ、こっちにもか!?」

「うぃうぃうぃ、ウィエル様！　奴に魔法攻撃は効きません！　反魔法ですべて弾かれてしまいます！」

「ふふ。二人とも、慌てすぎですよ。うーん……よろしい、ではちょっとだけ魔法の授業のお時間です」

　ウィエルがにこやかに微笑み、迫りくる無数の触手に向けて手を伸ばした。

　次の瞬間、海中が震えるほどの膨大な魔力が、ウィエルから迸る。ウィエルとはかなりの距離があるが、この距離でもわかるほど、莫大なエネルギーを感じた。

「反魔法というのは、言わば魔力の膜のようなものです。全身を練り上げた魔力の膜で覆い、込めている量が多ければ多いほど、それ以下の魔法はすべて無効化する。なら、どのように対処すればよいでしょう」

「……ま、まさか、とは思いますが……」

「その通り。――それ以上の魔力で、魔法を放てばよいのです」

　ウィエルの体から純白の魔力が迸り、海水を押し出す。

　海底の中に現れた恒星のような明るさに、クラーケンですら動きを止めた。

「まずい……！　ネプチューン！」

「わかっている！」

　その隙に、クロアとネプチューンがウィエルの射程から逃げる。

　迸る魔力は、渦を巻いてウィエルの手の平に凝縮された。

　色が白から青へ。青から紫へ。紫から黒へ。黒から漆黒へ、次々変化する。

　圧縮された魔力が球体となり、黒の光りが渦を巻く。

　そして。

「刮目せよ、魔法の深淵を――《マギ・レーザー》」

放たれた。

闇より深い漆黒の閃光が、反魔法で覆われている触手を焼き払い、消滅させ、その先にある頭部へ迫る。

反魔法を凌駕されたことに気付いたクラーケンは、高速でその場から離脱。極大の《マギ・レーザー》を回避した。

二つの触手と一つの触腕を犠牲にしたが、それもすぐに再生してしまった。

しかしクラーケンの瞳は、恐怖で揺れている。

ウィエルの後ろに隠れていたミオンとトーラスの二人も、クラーケンと同じリアクションをしていた。

「うぃ、ウィエル様、しゅごしゅぎ……」

「あば……あばばば……」

今現在、この中で誰よりも恐ろしい戦闘力を見せつけたウィエルは、天使のような笑顔で振り向いた。

「原理としては以上です。他にも応用として、魔力の膜が薄い場所を見極めて、それより強い魔法をぶち込むという方法もありますよ。ミオンちゃんの魔力量でも攻撃を通せる箇所はいくつもあります。やってみますか？」

「ご、後日でもいいですか……？」

「それがいいでしょう。下手に手を出すと、旦那様たちの邪魔をしてしまいますから」

目の端に映るウィエルが、クロアに向かって手を振る。

クロアはサムズアップして、漂っているクラーケンに肉薄した。

「な、なあ、ウィエル。お主が戦った方が早く終わるのではないか？」

「無理ですね。私の放った《マギ・レーザー》は、私の中でも最速の魔法。それを避けられたとなったら、私では致命傷を与えることはできません。……それに……」

「それに？」

「旦那様のかっこいいところを見たいという、乙女心です♪」

◆

ウィエルの魔法を避けたクラーケンは、海底に沈む岩を絡めとり、無数に投げつけてくる。

海中だというのに、威力もスピードも尋常ではない。もしこの威力を地上で発揮されたら、国の一つは簡単に滅んでしまうだろう。

もちろん、そんなことをさせるつもりはない。

クロアは迫りくる岩を殴り砕き、ネプチューンは海を操って軌道を変える。ウィエルは防御魔法を展開し、ミオンとトーラスを守る。

「ウィエルはそこを動かないように。二人を守るんだ」

「わかっています」

「二人は俺たちの戦いを目に焼き付けろ。戦いを見るのも、修行の一環だ」

「「は、はい！」」

後ろにいる三人に声をかけ、すぐに戦闘に戻る。

と、クラーケンが海底へ触手を伸ばし、盛大に暴れることで砂埃を巻き上げた。

視界が一気に狭まる。辛うじて上下左右の感覚はあるが、距離感はゼロといってもいい。数十センチ先も見えず、下手に動くこともできなくなった。

その上、クラーケンは気配を絶つ魔法を使っている。気配すら感じないのは、クロアにとって初めての経験だ。

だがしかし、冒険者にとって、初めて戦う相手が見たこともない戦法を取ってくるのはいつものことだ。

なら、やりようはいくらでもある。

クロアは目を閉じて、全身の力を抜く。海水の揺らぎをゆりかごのように感じ、波立つ心を落ち着かせる。

…………。

まぶたの裏の闇と、体にまとわりつく海水だけを、この世界のすべてだと認識する。

――ゆらぁ……。

（そこ！）

違和感のある揺らぎを感じ、目を開けて身を捩る。

直後、クロアがいた場所を触手が高速で通過。その勢いで、砂埃が晴れた。

明瞭になった視界で、触手に向かって手刀を食らわせる。クロアの剛腕によって、触手が綺麗に切断された。

しかし、この一撃で止まらない。

クロアがクラーケンの触手を掴むと、一瞬でクラーケンのもとまで引き寄せられた。

クラーケンは、触手を斬られた時に反射的に自分の方へ引き寄せる癖がある。それを見抜いたからこその奇策だ。

まさかこんなことをしてくるとは思わなかったのか、クラーケンの目が少し揺れる。

「その目、潰させてもらう」

握った拳を顔の横に持ってきて、身を捻って力を溜める。

溜めて、溜めて、溜めて。そして引き寄せられた勢いを乗せて……力を解放する。

「我流・水穿ち！」

突き出された拳が目の前の水を叩き、押し出す。

超速で押し出された海水は槍のように鋭さを増し、片方の眼球を深々と抉った。

「■■■
■■

■■■■■■■■■■■■■■■■■■■■■■■■■■■■■■ッッッ――――!?!?!?」
激痛だったのか、クラーケンが触手を鞭のようにしならせ、暴れる。

そのせいで、岩やサンゴが粉々に砕かれた。

さすがにこの状態のクラーケンの傍にいたら、クロアと言えど無傷では済まない。

ネプチューンに合図をすると、瞬時にクロアの腕を引いて、ウィエルたちのいる場所へと下がった。

「効いているな。さすがはクロアだ」

「だが、それもすぐに回復するだろう。奴の再生力は異常だ」

それこそ、バハムートでさえここまでの再生力はなかった。代わりに向こうは、異常なまでに硬い鱗に覆われていたが。

だが眼球へのダメージが有効ということは、心臓を一撃で仕留めることができれば、再生させる隙も与えずに倒せるということだ。

あの巨体を一撃でとなると、相当な力が必要になる。

「ネプチューンは、あれを一撃で仕留める方法はあるか？」

「ないな。いくら海を操って攻撃したところで、心臓へ強烈な一撃を入れることはできないだろう。クロアはどうだ？」

「あるにはあるが、武器がいる。今は手元に、そんなものはないし……」

「我のトライデントはどうだ？　本来は海神以外持つことは許されんが、今回は緊急事態。使ってよいぞ」

「使いたいのはやまやまだが、槍では重さが足りない」

こんなことなら、村の倉庫にしまっていたあれを持ってくるんだった。本来はアルカをぶん殴るだけの旅だったし、持ち運びが面倒だと怠ったのが悪かったか。

しかし、悔いても仕方ない。今はあるだけの武器と力で、どうこの難局を乗り越えるかを考えるのが先決――

「あぁ、あれなら持ってきていますよ」

「……え？」

ウィエルの言葉に、耳を疑う。

目を瞬かせてウィエルを見ると、にこりと微笑んだ。

「こんなこともあろうかと、持って来たのですよ」

「こんなこともって……」

いったいどう考えたら、あれを持ち運ぼうと考えたのか。

ウィエルは人差し指を立て、大きな円を描いて魔法陣を展開した。

この魔法陣、見覚えがある。ところどころ違うが、以前に食料を保管していた異次元魔法と酷似していた。

「これは、私の使える異次元魔法でも、最大の要領を持つものです。ここにいろんなものを詰めているんですが、あなたの武器もここにしまっていますよ」

「あ、あれを持ち出したのか？　ありがたいが、大変だっただろう」

「入れる時は、魔法陣で触れるだけですから」

だからって、まさかあれを持ち出してくるなんて思わなかった。

今の話を聞いていたミオンが、引きつった顔でクロアを見た。

「え、クロア様って、武器使えたんですか……!?」

「失礼だな。俺に使えないものはない。まあ、俺も昔は冒険者だからな。最近では拳でどうにか倒していたから、使う機会もめっきり減ったが……昔はちゃんと、武器を使って戦っていたんだぞ」

「怪力無双のクロア様が武器を使ったら、どうなるんですか……？」

「別に普通だ」

「「「普通……？」」」

全員が首を傾げるのを無視し、魔法陣の中に腕を突っ込んで手探りで探す。

……あった。懐かしい感触だ。

力を入れて魔法陣から腕を引き抜くと、同時に巨大な何かが現れた。

一言で言うなら、塊だ。

武器と呼ぶにはあまりに大きい。常人が使う大きさをはるかに超えている。

ぼろぼろの布で乱雑に巻かれた巨大なそれは、全長三メートル。クロアよりはるかにでかいそれを、片手で軽々と持ち上げる。

海の中だから僅かに浮力があるとはいえ、懐かしい重さだ。しっくりくる。

巨大さに、ミオンは目を見開いてドン引きした。

「でっか……なんでそんなもの片手で持てるんですか」

なんでと言われても。

ネプチューンも複雑そうな笑みを浮かべ、それに触れた。

「相変わらずでかすぎるだろう。我でも持てんぞ、そんなもの」

「余、昔潰されたの思い出した……」

「さすが私の旦那様。とてもよくお似合いですよ」

それぞれが思い思いの感想を漏らす中、クロアは巻き付いている布を剥ぎ取った。

まず最初に目に飛び込んできたのは、純白の刀身。クロアの身長ほどの長さもあり、刃の全体に細かいギザギザが付いている。

そんな刀身に、伝説級の鉱石、アダマンタイトで作られた柄が取り付けられただけの、シンプルな作りだ。

超のつく大剣を目にしたネプチューンは、美術品を見るような目でそれを見た。

「ふはは！　久しいな、龍刀バハムート。バハムートの牙で作られた超大剣、か。相変わらず、惚れ惚れする美しさだ」

ネプチューンの言葉に、ミオンは耳を疑った。

「は？　バハムート？　あの伝説のドラゴンの？」

「……その話はまた今度する」

ミオンの視線から逃げるように、クラーケンへ視線を向ける。

すでに眼球を再生させたクラーケンが、怒りに満ちた目でクロアを睨みつけた。

しかし、クロアの持つ超大剣を見て、目が見開かれた。

体が震え、後退りしている。どうやら、龍刀バハムートから感じるバハムートの気配に、怖がっているようだ。

「悪いが……こいつで終わらせる」

クロアが龍刀バハムートをクラーケンへ向けると、クラーケンは少しでも距離を取るように、海上へ向かって泳いでいった。

それを追い、クロアとネプチューンも超高速で海上へ向かっていく。

本来なら急激な減圧で体に支障が出るレベルだが、二人は平気な顔で上っていく。

少しずつ距離を詰めるが、なかなか追いつくことができない。あの巨体で、相当な速さだ。

「チッ、速いな。あともう少しで海面だぞ……！」

「我が先回りしよう。挟撃だ」

「頼む」

ネプチューンの泳ぐスピードが上がり、クラーケンを追い越す。

気付いたクラーケンは泳ぐのをやめ、すべての触手に魔力を集中した。明らかな魔法の気配。

しかもかなり強力だ。

次の瞬間。触手を振り回すように動かし、先端から様々な魔法を無造作に放つ。

狙いは定まっていない。が、どこから来るかわからない魔法攻撃に、クロアたちは近付くことができなかった。

「しゃらくさい……！」

迫る魔法のことごとくを、拳と大剣で粉砕するクロア。ネプチューンも、トライデントを振り回して体に掠らせもしない。

だが勢いが半端ではない。少しでも近づこうとすると、魔法の勢いが倍々で増えていく。

それもそうだ。十本の触手だけじゃない。小さい無数の触手も魔法を放っているのだ。数も尋常ではない。

「クロアッ、我が突っ込んで注意を引く！　クロアは一撃で奴を倒せるよう、準備しろ！」

「できるか⁉」

「我を誰と思っている！　海の王にして、海神ネプチューンぞ！　海を司る我に、海中戦で右に出る者などおらん！」

トライデントを大きく振るうと、海が渦となってネプチューンの体にまとわりつく。少しでも魔法を防御するための手段だ。

海をまとったネプチューンは、クラーケンに向かって突き進む。

クラーケンはネプチューンに標的を絞ったようで、クロアに対する攻撃が若干弱まった。

「ふははは！　こんなものか、クラーケン！　伝説の怪物というのは、本当にただの伝説だったようだなァ！」

「■■■
■■■■■■■■■■■■■■■■■■■■■■■■■■ッッッ――――！！！！！」
ネプチューンの挑発が効いたのか、クラーケンの体の色が赤色に変化する。どうやら怒っているらしい。

怒りに飲まれた攻撃というのは、単調になりやすいものだ。

怒りはパターンを生み、パターンは秩序を生む。

その結果、今までランダムだった触手の動きが、今はある一定のリズムで動いていた。

「ぬるい、ぬるいぞッ！」

そうは言っているが、ネプチューンの顔色に僅かに焦りの色が見える。やはりこれだけの量の魔法や触手を、ほぼ一人で受けるのは厳しいらしい。

だがしかし、ネプチューンのおかげで、クロアへの攻撃も弱まっている。クロアから見れば、今のクラーケンは隙だらけだ。

さっきより避けやすい。これなら攻撃に移っても問題ないだろう。

これも、ネプチューンの狙いの一つだろう。クロアに攻撃の隙を与えるためだ。

（感謝する、ネプチューン……！）

クロアは深く息を吐き、龍刀バハムートを片手で持ち上げると、肩に担いで構える。

膨れ上がる筋肉と、皮膚の下を走る無数の血管。

左手を前に突き出し、眼光鋭く標準を定めた。

狙いは当然、クラーケンの心臓。

極限まで鍛えられたクロアの洞察眼は、クラーケンの急所の位置を正確に捉える。

イカ系の魔物は、心臓が三つある。

どうやらクラーケンも例に漏れず、心臓も三つあるようだ。

だが、問題ない。

急所を見抜いたクロアから闘気が迸る。

さっきのウィエルを凌ぐほどの闘気とエネルギーによって、クロアの周囲が歪む。

それだけじゃない。まるで海中そのものが怯えるように震えた。

次の瞬間——ドクンッ——。

クロアの高まるエネルギーの気配を感じたのか、龍刀バハムートから謎の鼓動が感じられた。

鼓動が徐々に速まっていく。

　こいつを使おうとすると、いつもこうなる。

そう、バハムートの意思は、まだこの中で生きている。

バハムートの生涯の中で一番の強敵であり、一番の宿敵であり、一番の好敵手であるクロアの気配に同調しているのだ。

鼓動とともに、龍刀バハムートがクロアの力を吸い取っていく。

クロアの生命力と闘気を奪おうとしているみたいだ。

「おい、バハムート。貴様には肉体はない。もう諦めろ」

『――――』

「俺の肉体を奪いたいんだろうが、無理な話だ」

現存する物質の中でも、世界最硬レベルに硬質なアダマンタイトの柄に、手跡ができるほど強く握り込む。

エネルギーが欲しいのなら、くれてやる。

クロアの中に内包されている闘気が練り上げられ、一層濃さを増す。

「くれてやるが――俺を支配できるのは、俺だけだ」

練り上げた闘気が、龍刀バハムートを包み込む。

柄から先端に向け、徐々に刀身が赤黒く発光していく。

同時に、牙から感じていたバハムートの意思が、少し弱まった。

だが、まだ抵抗しているらしく、バハムートの牙がクロアの闘気ごと飲み込もうとしてくる。

「いい加減、黙って俺に傅《かしず》け。……貴様の王は、俺だ」

『――――』

直後、闘気が刀身のすべてにいきわたる。

クロアと龍刀バハムートが、一体化するような感覚に陥った。

取り込まれてはいない。取り込んでもいない。ただ、二つの意思が一つになるような感覚といった方がいいだろう。

クロアは剣の一部で、剣はクロアの一部。

まさに、剣身一体。

準備はできた。

脚に渾身の力を込め、水を足場に跳躍した。

「ネプチューン、どけ！」

「うむ！」

ネプチューンが高速で後退し、代わりにクロアがクラーケンに迫る。

異変を感じたクラーケンは、ネプチューンではなくクロアに視線を向け――抵抗することなく、一目散に逃げ出した。

クロアの並外れた闘気と龍刀バハムートの気配に、恐れを抱いたらしい。

クラーケンのスピードに、ギリギリ追いつけない。確実に仕留めるには、あと十数メートル近付かなければならない。

しかし、海上まで、残り三百メートル。

このままでは――。

その時、目の端にいたネプチューンが、両手を合わせて海水を圧縮していた。

「クロア、飛ばすぞ！『海よ！』」

ネプチューンが圧縮していた海水を解放し、クロアの背中を押して加速する

海上まで、残り二百メートル。

そこでようやく、クラーケンを仕留められる射程距離に入った。

「これで終わりだ」

担いでいる龍刀バハムートを、両手で握る。

クロアの剛腕に加え、ネプチューンの海水操作によって得た、超高速の推進力。

赤黒く発光する刀身が、まるで海中を駆け昇る流星のように辺りを照らした。

クロアは肺の空気をあえて全部吐ききると、反射反応で全身の筋肉が一段と硬直し、パワーが増大する。

筋繊維の一つ一つが皮膚から浮かび上がり、ひたいにビキビキと血管が走った。

これはかつて、名前のない一撃だった。

しかしバハムート戦で使ったのを見たウィエルから、この名前を授かった。

世界最強のパワーと、世界最大の闘気と、世界最鋭の武器から放たれるそれは、バハムートすら一撃で葬った、天をも喰らう必殺の剣撃。

その名は――天食《あまば》み。

ゴオオオオオオオオオオオオオオオオオオオッッッ――！！！！！

振り抜かれた龍刀バハムートから、クラーケンを飲み込むほどの、超巨大な深紅の斬撃が放たれた。

海水を斬り裂き、飲み込み、放出されたエネルギーによって超爆発を引き起こす。

「――――」

周囲百メートルにわたって、海水諸共クラーケンを真っ二つに斬り裂いた天食みは、天高く飛翔していく。

外は台風だったらしい。分厚い雲が空を覆い、大粒の雨を降らせていたが……天食みが上空の雲と激突すると同時に、爆散。目に見える範囲のすべての雲を吹き飛ばし、一瞬にして快晴に変えた。

龍刀バハムートは傷一つ付いていない。以前、バハムートを倒した時に放った天食みは、それだけで大剣が粉々になってしまった。

さすが、伝説のバハムートの牙。強度が半端ではない。

目の端に映るクラーケンは、空中でじたばたしている。だが徐々に生命力が希薄になっている。あれも、もう長くはないだろう。

渾身の一撃を放った反動で、全身の力が抜けた。

「さて……どうしよう」

海が元の形に戻ろうと、滝のようにクロアに向かって大量の水が落ちて来た。

力が入らない。いや、入ったとしても、こんな量の水が落ちてくる経験はない。

抵抗する暇もなく、海水はクラーケンの残骸とクロアを飲み込んだ。

「あばぶ……!?」

まるで、超巨大な水の砲弾を数千発も受けたような衝撃が、クロアを叩く。

大激流がクロアの体をもてあそび、平衡感覚がなくなっていく。

きりもみ状態のクロアだが、間一髪、ネプチューンがクロアを救出し、波の影響を受けない海底深くに潜っていく。

ようやく平衡感覚を取り戻したクロアは、ネプチューンに連れられながら息を吐いた。

「ふう……助かった。ありがとう」

「なに、大したことないさ。我の方こそ礼を言いたい。あの怪物を倒してくれたおかげで、人的被害を出さずに済んだ。感謝する」

「礼なんてよしてくれ。あんなのが地上に出たら、俺たちの生活圏も脅かされるからな。利害の一致というか、たまたま目的が同じだっただけだ」

「それでもだ。ありがとう」

ネプチューンが頭を下げたのを見て、これ以上断るのは逆に失礼だと考えたクロアは、素直に頷いた。

「わかった。感謝は受け取るが、頭を下げるのはやめてくれ。こんなところを誰かに見られたら、海神の威厳が落ちるぞ」

「わかっておる。さあ、トーラスたちのところへ戻ろう」

帰り際に、二人はクラーケンの残骸を回収すると、ウィエルたちの気配を頼りに海底まで泳いでいく。

しばらく泳いでいると、ウィエルたちが光魔法を使って道しるべを作り、こっちに手を振っているのが見えた。

「あなた、ネプチューンさん。お疲れ様です」

「ただいま、ウィエル。変わりはないか？」

「はい。クラーケンにくっついてきた残りの異世界の魔物も、私の方で始末しておきました」

見ると、海底にかなりの量の魚モドキが転がっている。

クロアたちの闘気のせいで近付いて来れなかった奴らが、ウィエルたちを襲おうとしていたみたいだ。問題にもならなかったみたいだが。

そっとため息をつくと、ミオンとトーラスがバツの悪そうな顔でクロアとネプチューンに近付いた。

「あ、あの……クロア様、ネプチューン様。この度はご迷惑をおかけしまして……」

「ほ、本当に、申し訳ない……いや、ごめんなさい……」

今回のことは、相当堪えたらしい。しゅんとしてしまっている。

クロアは少し笑みを浮かべると、ミオンの頭を優しく撫でた。

「俺は特に怒っていないぞ。冒険者というのは、好奇心で突き動かされる生き物だからな。たまには無茶をすることも、また冒険だ」

「うむ。我も昔はヤンチャしていたからな。おとがめはなしだ」

二人の言葉に、ミオンたちは安堵したような笑顔を見せた。

そう、クロアたちは怒らない。

が、そうもいかない人がもう一人……いや、二人いる。

「お説教は、ウィエルに任せる」

「トーラス。サエラからのお小言は覚悟しておけよ」

「「え」」

錆びついたロボットのようにウィエルを振り返るミオン。

ウィエルは天使のような笑顔で、ミオンの頭部をアイアンクローした。

「あだだだだだだだだ!? ミシミシいってる！　頭とれちゃうっ、とれちゃうー！」

「お説教は、帰ってからゆっくりしますから。それまでは、このままです」

「いぎゃあああああああああああ!?」

相当お怒りみたいだ。今のウィエルを無理になだめるのはやめよう。

ネプチューンを先頭に、ディプシーまで泳いでいく。ウィエルの転移魔法があれば一瞬だが、今は罰の最中なのであえて泳いで帰ることになった。

ネプチューンと並んで泳いでいると、「それにしても」とネプチューンが口を開いた。

「こんな化け物を本当に一撃で葬るなんて、お前は我よりよっぽど神らしいぞ。どうだ、神になる気はないか？」

「あいにくだが、興味ないな。俺は自由が好きなんだ。神なんて、制約が多すぎるだろう」

「もったいない。クロアなら闘神として崇め奉られても問題なさそうだが」

「別に、戦いが好きなわけじゃないからな。強くなるのが好きなんだ」

「違いがわからん」

ネプチューンが肩を竦め、先を泳ぐ。

昔は、戦うのも好きだった。でも戦いたいという欲求も、いつからかなくなった。……正確には、ウィエルと出会ってからだ。

今までは漫然と強くなりたいと思い、鍛錬を積んできた。

しかし、ウィエルとの出会いがそれを変えた。

彼女を死んでも守る。

それが、今のクロアの根源なのだ。

エピローグ　突飛な提案

ディプシーに帰ってからは、クラーケンの肉を使った大規模なイカ焼き祭りになった。

クラーケンだけでなく、普通のイカも盛大に振舞われている。国のあちこちからイカ料理の匂いが漂い、しばらくはイカの匂いが染みついて取れなさそうだ。

クロアとネプチューンは、王城のテラスでクラーケンのフルコースを食べ、それを見下ろしている。

因みにミオンとトーラスは、ウィエルとサエラのお仕置きフルコース中だ。

「今この景色があるのも、クロアのおかげだ。タイミングよく来てくれて、本当に助かった」

「もういいって。これ以上は無粋だ」

「……そうだな。今はたくさん食って、英気を養おう」

そういうネプチューンは、酒まで持参している。完全にオフモードだ。

酒の飲めないクロアは、ゆったり気分でイカを頬張る。

毒素はなく、大きいから噛み応えがある。うま味だけで言えば、この世界のイカのどれよりも濃い気がする。

「これから先、少しの間は祭りが続くだろう。クロアたちも、存分に楽しんでくれ」

「ああ。もうしばらくは、世話になろうと思う」

ここはいい場所だ。うまく適応できれば修行にも使えるし、邪魔も入りづらい。それに、久しぶりにゆっくりさせてもらうこともできる。

だが一つだけ……思うことはある。

それはあの、異世界のひずみについてだ。

どうして異世界とのひずみが現れたのか、それがわかっていない。もしかしたら、今後も世界のどこかでひずみが発生する可能性がある。

異世界の怪物は、環境が環境なら、クロアでさえ手こずるほどの強さを持っている。

約二十三年前。当時、国内最強と呼ばれていたクロアだが、あのバハムート相手には一年がかりで修行して勝つことができた。

そんな怪物たちが現れたら……クロアたちが駆けつける頃には、国の二つや三つは破壊されてしまうだろう。

そうならないよう、少しでも早くひずみについて解明しないといけないが……いかんせん情報が足りなさすぎる。

ここにいる間は、ネプチューンの集めた資料を読んで少しでも情報を得よう。

それしか、今のクロアにできることがない。

「辛気臭い顔をするな、クロア。お前なら大丈夫だ」

まるでクロアの内心を読んだかのように、ネプチューンがクロアを元気付ける言葉を贈る。

ありがたいが、少しの気恥ずかしさを覚えた。

「……どうしてそんなことが言える？　俺には、この手が届く範囲しか助けることができないぞ」

「我がお前を、最強と認めている。最強のお前であれば、大丈夫だ」

「ふわっふわな理由だな」

「自信を持てということだ」

豪快に笑って、ネプチューンは酒樽を一気に飲み干す。

誰かに自信を持てなんて言われたのは、生まれて初めてかもしれない。

今までこの体格と生まれ持った戦闘センスのせいで、そんな言葉をかけられたことがなかった。

その言葉のおかげかわからないが……少しだけ、心が軽くなった気がした。

「ところで、クロア。お前たちはここを出たら、目指す場所は決まっているのか？」

「ああ。海の先にある、レオド公国へ向かおうと思っている」

「レオド公国か。確かあそこは、鍛冶と精錬の盛んな国だったな」

以前に世界中を調べたネプチューンは、外の国のことも知っているらしい。

しかし疑問に思ったのか、首を傾げた。

「なぜレオド公国へ？　武器の手入れか何かか？」

「いや、俺のではない。ミオンちゃんのだ」

「ふむ？」

「ミオンちゃんの脚力は、兎人族の中でも群を抜いて高い。それに加えて魔力もあるから、将来的には俺以上の脚力を得られるだろう。……が、それだけじゃ足りない」

脚力が高いことはいいことだ。脚は腕の三倍の力があると言われているが、ミオンなら十倍、二十倍の力がある。

そこに身体強化魔法が加わったら、鍛え方によってはクロアを超える可能性がある。

だが、戦闘というのはそれだけじゃない。

クロアが拳を使うように、メインとなる必殺技は必要不可欠。でもそればかりを使うと、すぐに体力切れを起こしてしまう。

そうならないよう、体力の増強は当たり前として、様々な攻撃手段はあった方がいい。

格闘術、魔法戦闘。それに続き、そろそろ武器術を教えようというのが、クロアの考えだ。

「なるほどなぁ。だが、レミィにも武器術は教えていなかっただろう。なぜだ？」

「あいつは身体能力は並みだが、魔法戦闘に関してはウィエルに次ぐ大天才だからな。教える必要がなかった。逆にミオンちゃんは、魔法に関しては並みだが、身体能力は高い。だから近接戦闘に特化させる」

将来的に、ミオンも免許皆伝で独り立ちする時がくるだろう。故郷の村を守るのか、一人で世界を旅するのかはわからないが、戦闘方法は一つでも多いことに越したことはない。そのための武器術だ。

「クロアって、意外と心配性よな」

「意外とはなんだ。自分の可愛い子供や弟子を心配しない師匠はいないだろう」

「……だな。違いない」

クロアにとってはアルカと、今までの弟子たちが。ネプチューンにとってはトーラスが、この世で何より大切で、宝だ。

宝のためなら体を張る。強くするためには鬼にもなる。

それが親であり、師匠というものだ。

触手一本を食べきり、そろそろ腹も膨れてきた。思いもしなかった突然の戦闘で疲労も相まって、結構眠い。

「悪い、ネプチューン。少し寝させてもらうぞ」

「うむ、ゆっくり休んで――」

「クロアあああああああ!!」

と、その時。扉が蹴破られる勢いで開き、トーラスが勢いよく飛び込んできた。

その後ろから、慌てた様子のウィエルとミオンが飛び込んでくる。

「クロアクロアクロアクロア！　もが!?」

「ま、待ってトーラスちゃん！　何考えてるの!?」

「す、すみませんっ。今連れて行くので……！」

いきなりのことで困惑していると、二人でトーラスを羽交い絞めにした。本当、どういう状況？

「こらトーラス、いったいどうしたというのだ。いくら気心が知れた仲とはいえ、客人の前で騒ぐなんて」

「父上、余は決めたぞ！」

「何を」

「余、クロアの子を産む！」


…………………………………………………………。


「「は？」」

呆然とするクロアとネプチューン。いや、呆然としない方がおかしいだろう。

まったく話が理解できなかった。何を言い出すのかと思えば、本当に突飛な話だった。

子を産む。なぜそんな話になったのか。

「余な、クロアの戦いで、貴様に惹かれたのだ！　貴様の子を産みたいと思うほどに！」

「だから、許さないと言っていますよね⁉　旦那様の妻は私一人なんですから！」

「余は妻になりたいのではない、クロアの子を産みたいのだ！」

「なんで旦那様なんですか！」

「強い雄の子を産み、後世に遺伝子を残す！　当然の自然の摂理ではないか！」

「自然の摂理でも、許されるものと許されないものがあるんです！」

ぎゃーぎゃー、わーわー。なるほど、二人が騒いだから、どうしてそんな話になったのかは理解できた。理解はできたが、どう反応していいのやら。

正直、今までの人生でこんな輩にはたくさん出会ってきた。それこそ、両の手じゃ足りないくらいに。

だがクロアは、ウィエル一筋二十余年。女遊びなんてせず、ただひたすらにウィエルだけを愛してきた。

絶世の美女とはいえ、今更求愛されようがその心はブレない。

やれやれと首を横に振ると、ネプチューンは殺意の籠った目でクロアを睨みつけた。

「クロア、トーラスに手を出したら殺すぞ」

「出すか、馬鹿たれ」

と、あとからやって来たサエラがそっとため息をつき、無言でトーラスの頭頂部へ拳を叩きこむ。

ゴスッッッ‼　ここ最近聞いたゲンコツ音で、最高にいい音が響いた。

「ほげ⁉　な、何をするのだ、母上……！」

「それはこちらのセリフです。馬鹿なことを言うものではありません」

「馬鹿ではない！　遺伝子を残したいという、純粋な欲求だ！」

「……どうやら、お説教が足りないみたいですね。こっちに来なさい。今日は夜まで眠らせませんよ」

「や、やだぁ！　く、クロア、助けてくれぇ！」

すまん、無理。

言葉には出さず、クロアは手を合わせてトーラスを見送った。

「まったく、トーラスは……すまんな、クロア。騒がしくしてしまって」

「いや、大丈夫だ。まあ、まさか求愛されるとは思っていなかったが……こう言ってはなんだが、強い雄の子を産みたいとは、獣みたいな思想だな」

「トーラスはそういうところがあるのだ。最近は自分より強い男と結婚すると言っていたし、心配はいらなかったが……まさかお前に惚れるとは思わなかった」

ネプチューンにジト目で睨まれる。

なんとなく気まずくなって、クロアはネプチューンから視線を外した。

「じゃ、じゃあ、俺は休ませてもらう。またな」

「うむ。ゆっくりするといい」

クロアはウィエルとミオンの背を押して部屋を出ると、ようやくふかーく息を吐いた。

「あなた……」

「大丈夫だ。俺は生涯、お前だけを愛しているから」

「は、はい……♡」

クロアの言葉にうっとりしたウィエルが、腕に抱き着いてすり寄る。

それを見ていたミオンは少し恥ずかしくなったのか、「と、ところで」と話題を逸らした。

「クロア様は、ネプチューン様とどんなことを話していたんですか？」

「え？　あー、端的に言えば……どうやってミオンちゃんに地獄を見せるか、かな」

「⁉」

「さあ、今日はゆっくり休むぞー」

「ちょ、クロア様⁉　今の話、詳しく！　ちょっと、クロア様⁉」

◆

「やはり……あんなちんちくりんで未熟者、アニキに相応しくない……！」

海上、上空。千メートル。

人差し指と親指で丸を作り、今までのクロアたちのことを覗いていた少女が、牙をむき出しにして唸ってた。

「アニキも、姐さんも、どうかしてやがる。アタシが目を覚まさせてやる……！」

少女の背中に生えていた黄金の翼を消すと、まるで隕石のように海へ向かっていく。

目指すは深海千メートル。海底の国ディプシーだ。

どうも、勇者《ゆうしや》の父《ちち》です。②～この度《たび》はリゾート気分《きぶん》で、深海千《しんかいせん》メートルまで潜《もぐ》ります。～

2023年3月1日　第1刷発行

著　者　赤金武蔵《あかがねむさし》

発行者　島野浩二

発行所　株式会社双葉社
〒162-8540　東京都新宿区東五軒町3番28号
［電話］03-5261-4818（営業）　03-5261-4851（編集）
http://www.futabasha.co.jp/（双葉社の書籍・コミック・ムックが買えます）

印刷・製本所　三晃印刷株式会社

［電話］03-5261-4822（製作部）
ISBN 978-4-575-24610-0 C0093　